读客文化

好诗
好在哪里

都靓 著

听都靓讲解古诗名句的美妙诗意

江苏凤凰文艺出版社
JIANGSU PHOENIX LITERATURE AND
ART PUBLISHING

图书在版编目（CIP）数据

好诗好在哪里 / 都靓著 . — 南京：江苏凤凰文艺
出版社，2023.6
ISBN 978-7-5594-7664-7

Ⅰ . ①好… Ⅱ . ①都… Ⅲ . ①随笔 – 作品集 – 中国 –
当代 Ⅳ . ① I267.1

中国国家版本馆 CIP 数据核字 (2023) 第 058215 号

好诗好在哪里

都靓 著

责任编辑	丁小卉				
特约编辑	周诗佳	乔佳晨	王霁钰	王勰	
营销支持	辛璟琪	耿艳利	唐楚	王兴政	赵天琪
封面设计	王晓	西南角			
责任印制	刘巍				
出版发行	江苏凤凰文艺出版社				
	南京市中央路 165 号，邮编：210009				
网 址	http://www.jswenyi.com				
印 刷	天津盛辉印刷有限公司				
开 本	880 毫米 ×1230 毫米 1/32				
印 张	11				
字 数	255 千字				
版 次	2023 年 6 月第 1 版				
印 次	2023 年 6 月第 1 次印刷				
标准书号	ISBN 978-7-5594-7664-7				
定 价	59.90 元				

江苏凤凰文艺版图书凡印刷、装订错误，可向出版社调换，联系电话：010-87681002。

名家推荐

有风自南，山涤余霭。都靓谈诗如清风明月，随处吹拂，随处照亮。古来多少好诗，有的人读不出好，皆因为读的人装了一肚子学问见识，固执己见，而都靓一派天真，好比陌上年年花开，但都靓却是满怀赞叹欢喜，如初次看见。古诗如同新诗，此心如同初见，这样看诗，恰能看出这诗好在哪里，这人间山川好在哪里。

——李敬泽（中国作协副主席、中国现代文学馆馆长）

这是都靓多年来读诗词的思考与心得，有她一贯的细腻温柔，又不失鲜活灵动。希望能有更多读者从中感受诗词之美，名句之妙。

——骆玉明（复旦大学中文系博士生导师、辞海编委、
中国古典文学分科主编）

诗是最难的语言艺术形式，好诗是语言艺术的皇冠。好诗好在哪里？听听都的。

——冯唐（著名诗人、作家）

解得诗中真滋味，才知方寸别洞天。

——马伯庸（著名作家、编剧）

你好，我是都靓。

最后一个字落笔，刚好是2023年的五四青年节，算算这本书断断续续写了两年多。书写诗背后的故事令我诚惶诚恐，担心才情差矣，配不上那些佳作的浑然天成。

但诗词曾在生活中数次照拂过我，"知是何人旧诗句，已应知我此时情。"诗人在千百年前，为我的此时此刻写下诗篇，这是种多美妙的感受，我太想与你分享。我深知诗无法帮我们越过生活的重重诘问与惶惑，但当我想到杜甫、李白、苏东坡……这些闪耀星河的昔人远在天涯却与你此时寥落，这样一种隔空相照在我们感到无力、无奈的时刻，会是种"悠悠然心会，妙处难与君说"的救赎与安慰。

这两年来，我因为工作，或出于兴趣，天南海北走过很多地方。韦庄陪我下江南，春水碧于天，画船听雨眠。在大漠，凉州词几度上心头，醉卧沙场君莫笑，古来征战几人还。岁末漓江，看轻舟驶过，回头发现已跨越山河万万里。逐渐才领会，行是读的延展。所以，想把这些年来林林总总和诗有关的记忆，化为一张张照片，一并奉上。若能如柳叶落湖，在千里外亦泛起阵阵涟漪，便是你我陌生人之间的一拍即合。

诗无达诂，每个人心中都有自己独一无二的见解，本书未遂人愿之处还请谅解。

希望诗能陪你度过每个平凡又美丽的日子，明月常照有心人。

都靓
2023.5.4

目录

关关雎鸠，在河之洲。
窈窕淑女，君子好逑。

诗经

朴素热烈的上古诗意

讲中国的文学，当然要从《诗经》讲起。

作为我国第一部诗歌总集，《诗经》是纯文学的开端，中华文脉自此缓缓流淌。

《诗经》大致自西周起，收集了周初至春秋中叶五六百年间的诗歌作品。作品的作者不可考，有田间地头劳作的百姓、想谈恋爱的少女、没落的王公贵族、渴望归家的征人，还有经历失败婚姻后不断觉醒的初代"独立女性"。这些诗歌就像一幅巨大的画卷，将当时的经济、政治、军事、文化平铺直叙地一展开来。

总而言之，《诗经》是上古人民度过的一个又一个日子，细碎日常的烟火气息，在三千年后的今天迎面而来。

孔子说："《诗》三百，一言以蔽之，曰'思无邪'。"

什么是"思无邪"？

以我的理解，那是一种真挚而美好的表达，真诚无邪，朴素热烈。

《诗经》共收录了三百零五篇诗歌，还有六篇"笙诗"。所谓"笙诗"，就是只记录了乐曲音调而没有歌词的诗歌。这三百多篇历经千年风霜的诗歌，都写了些什么呢？

"诗有六义"：风、雅、颂、赋、比、兴。

其中的风、雅、颂是诗的不同体类，赋、比、兴是诗的三种写作方法。

风，即《诗经》中的"十五国风"，共一百六十篇，是当时各个地区的民歌，比如周南、邶风、王风、鄘风等。相传周代设有采诗之官，这些官员会在田间村落收集具有乡土风情和地方特色的民歌，汇集成册，呈上朝堂。《汉书·艺文志》记载："古者采诗之官，王者所以观风俗，知得失，自考正也。"尽管关于"采诗官"的说法是否确切，学界颇有争议，但我依然愿意相信确有这样一个浪漫的职业。

试想，正值端午前后，洛邑（今洛阳）附近的村子里，采诗官正行至田间，忽闻远处一位男子一边干活一边哼唱着歌谣，不禁侧耳倾听："彼采萧兮，一日不见，如三秋兮！"（《国风·王风·采葛》）先民在三千多年前就懂得要美化用字，而这跨越千年的"三秋"也流传至今，夹杂在无数耳鬓厮磨的恋人分别时诉说的思念里。

朱熹说"风大抵是民庶之作"，也就是民间的歌谣。我们能从中看到最多的风土人情、民俗民生。我国现在传诵最广的《诗经》字句，也大多来自这个部分。

七月，采诗官行至陕西，遇到了国风中不得不提的《国风·豳风·七月》，这是风诗里最长的一篇。

八月载绩，载玄载黄，我朱孔阳，为公子裳。

五月斯螽动股，六月莎鸡振羽，七月在野，八月在宇，九月在户，十月蟋蟀入我床下。穹窒熏鼠，塞向墐户。嗟我妇子，日为改岁，入此室处。

嗟我农夫，我稼既同，上入执宫功。昼尔于茅，宵尔索绹。亟其乘屋，其始播百谷。（《国风·豳风·七月》节选）

农夫的四季，居于陋室，每逢冬日寒风四起，需要堵住老鼠洞，把窗缝填塞整齐才能挨得过冬天。种田、打猎、酿酒、纺织，无所不事，昼夜不停，然而所有好东西都要向上呈递给王公贵族，剩余的一些边角料才轮得到自己拥有。

字字真切无华，笑泪皆含其中。

采诗官又于冬日行至鄘地（今河南新乡一带），路过一户人家，只听有位女子骂道："怎么还不去死！"走近一听：

相鼠有皮，人而无仪。人而无仪，不死何为？

相鼠有齿，人而无止。人而无止，不死何俟？

相鼠有体，人而无礼。人而无礼，胡不遄死？（《国风·鄘风·相鼠》）

原来是在咒骂无仪之人，这首诗大概是《诗经》里骂人骂得最露骨的一首。

"不死做什么？不死等什么？怎么还不快点去死？"

此诗咒骂的对象众说纷纭，目前多从《毛诗序》的说法，认为骂人者旨在讽刺当时的在位者不讲礼仪，干了太多卑鄙龌龊之事。类似的讽谏诗还有《国风·秦风·黄鸟》《国风·邶风·新台》等。

要知道,《诗经》流传至今经过了数代公卿列士的编修汇总,有一定的政治意味,而我们依然能在其中看到如此直白的讽谏篇章,先民的热烈与宽容跃然纸上,使人更觉可贵。

雅,属正声,指朝廷之诗,又分为大雅和小雅。大雅三十一篇,作者主要是达官显贵;小雅七十四篇,作者有贵族亦有地位低微者。二雅直叙其事,有朝堂或正式宴会上的演奏曲目,亦多谏言,道"怨"与"诽"。

"呦呦鹿鸣,食野之苹。我有嘉宾,鼓瑟吹笙。"我们耳熟能详的《小雅·鹿鸣》,是周王宴会群臣宾客时所作的一首乐歌。后来,它被渐渐推广至民间,于是每每宴会或家族聚会都会听到《鹿鸣》,其不可或缺的程度,类似我们现在春晚的《难忘今宵》吧。

隆冬时节,采诗官在风雪中一路向北行进,出了城关,在路边小驿稍作休整。这时,他遇到了一位中年男子。那人正深一脚浅一脚地向着家乡踽踽独行,此刻看到眼前的驿站,也打算过来休息一下,二人便攀谈起来。原来男子是一位退役征夫,原本打算卸甲归田,却一次又一次被前来进犯的猃狁推迟归家的计划,回到家乡过平静生活的愿望似乎遥遥无期。风一更,雪一更,他不知走了多久,乡关渐近,饥渴难耐。

夹杂着征人对战争的厌倦和思乡的忧伤,《小雅·采薇》横空出世。虽然这首《采薇》被收录在《小雅》中,但其风格却与国风颇为相似。

昔我往矣,杨柳依依。今我来思,雨雪霏霏。

行道迟迟,载渴载饥。我心伤悲,莫知我哀!

其中的"昔我往矣,杨柳依依。今我来思,雨雪霏霏"被不少文人墨客认为是《诗》三百里最美的篇章。"杨柳依依",仅用四个字,便勾勒出了惜别温柔故乡时征人的依依不舍。再对比归来时的"雨雪霏霏",更凸显了归家时风雪兼程,生死茫茫,不知归处。中文独有的意蕴潜藏于此,言有尽而意无穷,后世写征夫厌战的诗歌也不乏回响。

颂,指庙堂祭祀之乐,舞曲居多,有鲁颂、周颂和商颂共四十篇。

作为中华文脉的源头,《诗经》对后世文学创作的影响颇深,奠定了诗歌的艺术特点和文风的走向。

《诗经》写美人是"巧笑倩兮,美目盼兮"。这句诗出自《国风·卫风·硕人》,相传是春秋时齐国的公主庄姜大婚出嫁时所作。《国风·卫风·硕人》也成为了"千古美人文学之祖"。至清代《诗经通论》依然极为推赏此诗,称:"千古颂美人者,无出其右,是为绝唱。"

白居易的美人是"回眸一笑百媚生",杜甫的美人是"清辉玉臂寒",《洛神赋》是"翩若惊鸿,婉若游龙",这些流传后世的千古名句大抵脱胎于此。

这就要讲到《诗经》另一个维度的分类:赋、比、兴。

"直指其名,直叙其事者,赋也。"赋,就是平铺直叙,平实地讲一件事,如《国风·周南·葛覃》:

葛之覃兮，施于中谷，维叶萋萋。黄鸟于飞，集于灌木，其鸣喈喈。

葛之覃兮，施于中谷，维叶莫莫。是刈是濩，为绤为绤，服之无斁。

言告师氏，言告言归。薄污我私，薄浣我衣。害浣害否，归宁父母。

本篇用直叙的方式写了一位婚后女子回娘家的欢欣与温暖，现在看来依然很治愈，大概这就是繁华落尽见真淳吧。

"引物为比者，比也。"比，引物作为类比，如《国风·周南·螽斯》：

螽斯羽，诜诜兮。宜尔子孙，振振兮。

螽斯羽，薨薨兮。宜尔子孙，绳绳兮。

螽斯羽，揖揖兮。宜尔子孙，蛰蛰兮。

螽斯是一种虫子，羽是翅膀的意思。诜诜兮，意为多。这首诗在先秦是颂祝别人子孙满堂、世代绵延的意思。虽然用虫子作比，现在看来有些匪夷所思，但确是非常端正契合的"比"的案例。

"托物兴词，如《关雎》《兔罝》之类是也。"兴，就是借用风花雪月、世间万物表达感情。朱熹已经非常详尽地解释了"兴"的含义，联系《国风·周南·关雎》来理解：

关关雎鸠，在河之洲。窈窕淑女，君子好逑。

参差荇菜，左右流之。窈窕淑女，寤寐求之。

求之不得，寤寐思服。悠哉悠哉，辗转反侧。

参差荇菜，左右采之。窈窕淑女，琴瑟友之。

参差荇菜，左右芼之。窈窕淑女，钟鼓乐之。

这首诗是当时贵族男女间的情诗，通常会用在结婚典礼上。以一种忠贞的水鸟来比兴，希望夫妻二人从窈窕好逑到琴瑟静好。

赋、比、兴的分类不像风、雅、颂那么精确，很多诗作介于三者之间，均有化用，因此只做写作手法的介绍。后世的诗词、文章，均可以涵盖在这三种写作方法中。

为什么我们今天依然要读《诗经》？孔子在千年前的答案如今仍适用："《诗》可以兴，可以观，可以群，可以怨；迩之事父，远之事君，多识于鸟兽草木之名。"《诗经》文风的质朴自然、真挚康健，反映出民风的美好、良善，被概括为"风雅"精神，为后世每一代文学的闪光时刻所继承，在千百年后的今天依然耀眼。

长日落尽，夜深明月作晚灯，采诗官带着一路上的诗意满载而归，时隔千年，再度与你相遇。

余心之所善兮，
虽九死其犹未悔。

屈原

上下求索，求而不得

他是世界四大文化名人之一，从古至今慕之者众。李白这么评价他："屈平词赋悬日月，楚王台榭空山丘。"苏轼说："吾文终其身企慕而不能及万一者，惟屈子一人耳。"梁启超甚至将他称为"中国文学家的老祖宗"。两千多年前的屈原到底有什么魅力，能够引起一代又一代人的追思倾慕？

我记得以前学诗，听叶嘉莹老师做过这样一番总结，大概是说，古代有两类诗人，一类是苏轼这样，"莫听穿林打叶声，何妨吟啸且徐行"，看待任何问题都保持着通达的态度，越挫越勇，总能依靠自己消解精神上的苦难。另一类诗人和他们相反，就是宁愿痛苦也不愿消解，明知无济于事，也要执着不悔。比如李商隐"春蚕到死丝方尽，蜡炬成灰泪始干"。前一类诗人受惠于《庄子》，后一类则缘起于屈原。"路漫漫其修远兮，吾将上下而求索"，这是屈原的至死无悔；然而求而不得，终归魂落汨罗，这是屈原的现实。这两者之间，是诗人屈原千万次义无反顾的折返。

平步青云

屈原，名平，字原。他并不姓屈，屈是他的氏，他真正的姓是芈。司马迁在《史记·屈原贾生列传》中说："屈原者，名平，楚之同姓也。"也就是说，他其实和楚国王室同宗。楚国王室为芈姓熊氏，芈姓是母系，熊氏是父系。春秋时期，楚武王封儿子瑕到屈邑去做首领，所以人们称他为屈瑕，这样屈氏就成为了熊氏的一个支氏。所以，论下来，屈原是实打实的贵族。

他出生的地方叫乐平里，也就是现在湖北宜昌的秭归县。至今秭归县仍然保留着不少关于屈原的遗迹遗址，比如屈原庙、屈原宅、乐平里牌坊。最著名的还是"屈原八景"，其中读书洞有个关于屈原的传说：

在屈原年少时，有一次他去山上玩，无意间发现一个幽静清凉的石洞。他突然心想，这里人迹罕至，完全可以当作自己的秘密基地，之后他就总来这里读书。这就是读书洞的由来。据说当时还有一个隐士老者也会来洞里，教他读书，甚至传授他楚国民间的诗歌、巫师祭祀的祝文。这段传说听起来很神奇，甚至有点武侠小说的味道，就像张无忌在洞中无意间发现了九阳神功，大功告成后，出山打遍天下。所以我听到这个传说时，总控制不住地想，洞里黑灯瞎火的，能看得清吗？因为年代过于久远，这种传说只能半信半疑。

屈原生在战国时期，那时齐、楚、秦、燕、赵、魏、韩七国混战。

公元前318年，魏、赵、韩、燕、楚五国合纵攻秦，并推举楚怀王为纵长。魏、赵、韩三国出兵函谷关与秦交战，被秦国击败。之后，各国心生怯意，互相猜忌。先是损失最大的魏国试图和秦国求和，之后又是楚国，于是各国纷纷退兵。第二年，秦军乘胜追击，大胜韩赵联军，合纵宣告失败。

也是这个时候，屈原成为了楚怀王的左徒，开始负责变法改革，那一年，屈原才二十多岁。左徒到底是什么官，历来众说纷纭，有人考证这是楚国特有的官名。在楚国，职位最高的官叫令尹，左徒则是令尹的副职，相当于副宰相。不管怎样，从左徒所做的事情来看，它都是楚王极为信任的人才可以担当的。

屈原成为左徒后开始了一系列改革。他对内剥夺贵族土地，奖励农民种地；对外主张联合齐国，建立齐楚联盟，一同抗秦。当时的屈原，正像所有伟大的改革家一样，满心希望通过大刀阔斧的革新，带领自己的国家走向富强。而谋私利者，目光短视，只知自己的利益受到了损失，便从此对屈原怀恨在心。

有一次，楚怀王让屈原制定法令，屈原尚未定稿，上官大夫见了就想强行更改它。屈原不赞同，上官大夫就跑到楚怀王面前说："是大王叫屈原制定法令，但每一项法令发出，屈原就跟别人说都是他的功劳，还说除了自己，没有人能做。"楚怀王很生气，就这样逐渐疏远了屈原。

不久前，他还是平步青云的左徒，与诸侯群相谈笑风生之间攻城略地；再回神，他身边寒光四射，虎视眈眈，逐渐被逼退到角落。而这，只是屈原不幸命运的开始。

上下求索

秦国要攻打齐国，于是秦惠文王派张仪来到楚国，试图说服楚国倒戈。张仪先是找到了屈原，结果被屈原大骂一顿。后来他又用金银财宝贿赂楚国的贵族高官，让他们联合起来，在楚王面前进言。

几天后，楚怀王接见张仪。张仪对楚怀王说："秦国非常憎恨齐国，但楚国却和齐国相亲。如果楚国能放弃和齐国联盟的话，秦王会把商於的六百里土地献给楚国。"这话里有两层意思：第一层，秦国的敌人是齐国，不是楚国。但楚国要是和齐国联合起来，那秦国打楚国就是在所难免的。第二层，楚国只要放弃和齐国的联盟，就可以不费一兵一卒获得六百里土地。先是威胁，后又给了个甜枣。

楚怀王和周围的大臣们听了喜形于色，但屈原却坚决反对，还说："秦国这几年在不断强大，疯狂攻打别国，楚国还能幸免多久？张仪现在明显是在挑拨离间。"这话一出，引来其他大臣的反对，说秦国如此强大，楚国这次要是得罪了秦国，万一秦国放弃攻打齐国，先来打楚国怎么办？权衡利弊下，楚怀王听信了这些大臣的话，最终把屈原驱逐出宫。此后屈原多次进宫要求面见楚怀王，但是都被拒绝。

不久，屈原被免去左徒职务，降为三闾大夫。所谓三闾大夫，是管理楚国三个贵族家族的家谱、祭祀、子弟教育的官职，属于闲差。屈原担任三闾大夫后，依然每天为国事担忧，他听说楚怀王彻底断绝了六国联盟，感到楚国的前途岌岌可危。

后来，楚国和齐国绝交，楚王派使者到秦国收地，结果张仪却说："我和楚王约定的只是六里，没有听说过六百里。"楚怀王知道被骗后大怒，发兵讨伐秦国。秦国在丹水和淅水一带大破楚军，杀了八万人，俘虏了楚国的大将，趁机夺取了楚国的汉中一带。怀王又再次发动全国的兵力，与秦国交战于蓝田。魏国听说后偷袭楚国，楚军腹背受敌，不得不撤退。而楚国曾经的盟友齐国因为怀恨在心，始终没有来救援，楚国这次可以说是赔了夫人又折兵。

就是在这样的情况下，屈原写下了那篇名扬千古的《离骚》：

长太息以掩涕兮，哀民生之多艰。余虽好修姱以鞿羁兮，謇朝谇而夕替。既替余以蕙纕兮，又申之以揽茝。亦余心之所善兮，虽九死其犹未悔。怨灵修之浩荡兮，终不察夫民心。众女嫉余之蛾眉兮，谣诼谓余以善淫。固时俗之工巧兮，偭规矩而改错。背绳墨以追曲兮，竞周容以为度。忳郁邑余侘傺兮，吾独穷困乎此时也。宁溘死以流亡兮，余不忍为此态也。鸷鸟之不群兮，自前世而固然。何方圜之能周兮，夫孰异道而相安？屈心而抑志兮，忍尤而攘诟。伏清白以死直兮，固前圣之所厚。悔相道之不察兮，延伫乎吾将反。回朕车以复路兮，及行迷之未远。步余马于兰皋兮，驰椒丘且焉止息。进不入以离尤兮，退将复修吾初服。制芰荷以为衣兮，集芙蓉以为裳。不吾知其亦已兮，苟余情其信芳。高余冠之岌岌兮，长余佩之陆离。芳与泽其杂糅兮，惟昭质其犹未亏。忽反顾以游目兮，将往观乎四荒。佩缤纷其繁饰兮，芳菲菲其弥章。民生各有所乐兮，余独好修以为常。虽体解吾犹未变兮，岂余心之可惩？（《离骚》节选）

苦苦求索的英雄，不断被排挤、迫害、疏离甚至摧毁，然而终究至死不渝。这首诗是古代最长的抒情诗，是浪漫主义文学的源头，也是一部伟大的心灵悲剧。"日月忽其不淹兮，春与秋其代序。惟草木之零落兮，恐美人之迟暮。"诗词里悲秋的传统，就始于此。诗里虚构了各种各样的幻境，女嬃詈原、陈辞于舜、上款帝阍、历访神妃、灵氛占卜、巫咸降神、神游西天，这样的写法也深深影响了李白、李贺、李商隐等诗人。诗里用了相当多的比喻象征手法，尤其是把自己比作香草美人。现在我们乍一看，会觉得很奇怪，但你细想，从陶渊明的"采菊东篱下"，到周敦颐的"出淤泥而不染，濯清涟而不妖"，再到袁枚的"苔花如米小，也学牡丹开"，不都是如此吗？在那个所有人还不知道诗为何物、又有何用的时代，屈原将情感和文字结合起来，倾泻而下，自成一脉。这就是屈原的魅力，这是开天辟地的能力。

第二年，秦国割汉中与楚国讲和。楚怀王说："我什么都不要，你把张仪交出来就行。"张仪到了楚国后故技重施，用金银财宝贿赂当权的大臣，甚至联系到了楚怀王的宠姬郑袖，让她帮自己说好话。一来二去，楚怀王竟然真的放走了张仪。而这时屈原已被疏远，当他知道此事后，不顾一切地阻拦。他劝谏楚怀王说："为什么不杀张仪？"而这时，一切已晚。此后，屈原继续被流放。

公元前 303 年，齐、魏、韩联合攻打楚国，楚怀王派太子横去秦国当人质，请求秦国出兵。秦国替楚平乱后，太子横却在秦国杀死了一个高官，私自逃回了楚国。于是秦国又派兵攻打楚国。

公元前 299 年，秦楚通婚求和，秦昭襄王邀请楚怀王去秦国，屈原说："秦国如虎狼，不堪信任，千万不能去。"而楚怀王的小儿子子兰却劝说："好不容易和秦国关系缓和，怎么可以不去呢？"最终楚怀王踏上了前往秦国之路。刚一进关，秦国的伏兵就截断了他的后路。秦国扣留楚怀王，强迫楚国割让土地。三年后，楚怀王客死秦国。

在一定程度上讲，楚国、楚怀王和屈原的命运是深深绑定在一起的。屈原曾经被楚怀王重视，两人一起大刀阔斧地改革，那是楚国的黄金时代。之后，楚国内外的反对力量结合起来，干涉、阻挠、拆散、分裂、啃噬着这股合力。楚怀王逐渐怯懦，屈原屡次被放逐，楚国国情每况愈下。

之后，太子横即位，也就是楚顷襄王，他任用他的弟弟子兰为令尹。因为当初是子兰劝楚怀王去的秦国，所以楚国的老百姓都怨恨子兰，屈原也不例外。也许是子兰心虚，他把对自己无能的愤怒转嫁给了屈原，天天让上官大夫在楚顷襄王面前说屈原的坏话。终于，这一次屈原被流放到了更偏远的南方。

那天，屈原来到江边，脸色憔悴，形容枯槁。有一个渔父看见他，便问道："您不是三闾大夫吗？为什么来到这儿？"

屈原说："举世皆浊我独清，众人皆醉我独醒，因此被放逐。"

渔父又说："聪明的人，不受外界的束缚，而能够随着世俗变化。整个世界都混浊，为什么不随大溜呢？众人都醉，为什么不跟着吃点酒糟，喝点薄酒呢？为什么要让如美玉一般的自己被放逐呢？"

屈原说："洗头要弹去帽上的沙子，洗澡要抖掉衣上的尘土。谁会愿意让自己清白的身躯蒙受外物的污染，更何况是自己高洁的品质呢？"

而后，他抱着石头投身汨罗江中，从此世间再无屈原。

斯人已逝，心念长存。有时想来，为什么屈原会不断被人追思怀念？千百年来的无数次叩问和回想，都指向同一个坐标。一面是上下求索的执着和坚定，另一面是求而不得的无奈和苦恨，二者夹击着世上不甘于蝇营狗苟的人们。李白是这样，杜甫是这样，李商隐是这样，苏轼是这样，辛弃疾是这样，陆游亦是这样。一条隐性的基因在此成为线索，贯穿着古今的他们。诗人成为诗人，传奇成为传奇，有时候就是宿命，就是不得不、非如此不可。唯有这样，唯有不灭的长情和心念，方能于枯木死水绝境处，孕育出不朽的诗篇。

翩若惊鸿，婉若游龙。

荣曜秋菊，华茂春松。

髣髴兮若轻云之蔽月，

飘飖兮若流风之回雪。

「三曹」

千古名声重，父子情分薄

以前学诗，学到李白的句子"蓬莱文章建安骨"，我好奇建安骨指的是什么，就去问长辈、问老师，他们都给我指向了一个答案："三曹"。"三曹"指的是曹操、曹丕和曹植父子三人。曹操我们都知道，从小看《三国演义》，总下意识觉得他是个坏人。曹丕也很阴险，也就曹植还算是个好人。当时尚年幼的我看世界就是如此简单，如此黑白分明，丝毫不懂他们和建安风骨有什么关系，竟然还会让李白向往敬佩。长大后重新读了读史、学了点知识，我才越来越明白，人是由多个侧面组成的。《沉思录》里有句话是这么说的："我们听到的一切都是一个观点，不是事实；我们看到的一切都是一个视角，不是真相。"对待古人同样如此。今天，我们就从其他视角，重新旁观"三曹"的故事。

曹操：最后的遗言

　　曹操到底是一个什么样的人？枭雄，奸臣，还是诗人？鲁迅说他"是一个很有本事的人，至少是一个英雄"。钱穆说："此下中国历史六百年中衰，曹操不能辞其咎。"他出身宦官之家，却凭借一己之力成为北方霸主。他胸怀天下，又残忍狠毒。他会写"白骨露于野，千里无鸡鸣"这样体恤天下的诗句，又可以冷酷残忍，仅仅因为衣着华丽就把曹植的夫人处死。

公元 220 年，六十六岁的曹操收兵返回洛阳。在过去的一年里，他和刘备争夺汉中，失去了夏侯渊、失去了于禁、失去了庞德，最终不得不和孙权联手擒杀关羽，再令孙权称臣。满身疲惫地回到洛阳后，曹操便一病不起，终于在这一年的春天去了。而在一片众说纷纭中，他在死前用最后的力气写下了这篇《遗令》：

> 吾夜半觉小不佳，至明日饮粥汗出，服当归汤。吾在军中持法是也。至于小忿怒，大过失，不当效也。天下尚未安定，未得遵古也。吾有头病，自先著帻。吾死之后，持大服如存时，勿遗。百官当临殿中者，十五举音，葬毕便除服；其将兵屯戍者，皆不得离屯部；有司各率乃职。敛以时服，葬于邺之西冈上，与西门豹祠相近，无藏金玉珍宝。吾婢妾与伎人皆勤苦，使著铜雀台，善待之。于台堂上安六尺床，施穗帐，朝晡设脯糒之属，月旦十五日，自朝至午，辄向帐中作伎乐。汝等时时登铜雀台，望吾西陵墓田。余香可分与诸夫人，不命祭。诸舍中无所为，可学作组履卖也。吾历官所得绶，皆著藏中。吾余衣裘，可别为一藏，不能者兄弟可共分之。

大概翻译一下，意思是这样的：

"我半夜醒来自觉身体不适，熬到天亮，吃了粥，出了汗，又服了当归汤。我在军中实行依法办事是对的，至于小发怒、大过失，不应当学。天下尚未安定，不能遵守古代丧葬的制度。我有头痛病，很早便戴上了头巾。我死后，穿的礼服要像活着时穿的一样，别忘了。文武百官来殿中哭吊的，只要哭十五声就行，待我下葬以后便脱掉丧服；那些驻防将士，都不要离开驻地；官吏们也都要各尽其责。我入殓时就穿当时所穿的衣服，埋葬在邺城西面的山冈上，靠近西门豹祠堂，不必用金玉珍宝陪葬。我的婢妾和歌姬都很辛苦，把她们安置在铜雀台，好好地对待。在铜雀台的正堂上安放一个六尺长的床，挂上灵幄，供上肉干类的祭物即可。每月初一、十五，从早至午就向着灵帐歌舞。你们要时时去铜雀台，就远远地看望我的西陵墓田。我遗下的熏香可分给诸位夫人，不必以此祭祀。各房的人没事做，可以学着编织丝带和鞋子卖钱。我一生历次做官所得的绶带，都放到库里。我遗留下来的衣物、皮衣，可放到另一个库里，不行的话，你们兄弟就分掉吧。"

看懂了吗？只有这个时候，他不再是杀伐决断的君王，也不再是豪情壮志的诗人，而是一个恋恋不舍又无可奈何的垂危老人。

一生戎马，毁誉参半，回头来看，实在不值一提，都一切从简吧。我本就是一介凡人，不必伪装怜惜我，让恨我的继续恨下去。而西风残照，落日楼头，爱我的人和我爱的人，请你们务必、务必各自珍重。最好，记得常来看我。

曹丕：如果可以，我也想被你认可

我们知道曹操、曹植文采出众，但曹丕凭什么可以和他们一起位列"三曹"，名留千古？很多人对曹丕的印象可能是《三国演义》电视剧中那个阴险的小人，同样的故事，如果从曹丕的视角来看，会有什么不同呢？

我们再次把时间回溯到一切纷争的起点。东汉末年，三十岁的曹操因为不肯迎合权贵，隐居乡里闭门读书。公元187年，他和卞夫人生下了他俩的第一个儿子，取名为曹丕。曹丕从小博览群书，通晓诸子百家，六岁便学会了射箭，八岁学会了骑马，后来一直跟随父亲南征北战。

公元197年，曹操征讨张绣，张绣投降后又突袭曹操，导致曹操兵败。这一战，曹操失去了长子曹昂和侄子曹安民，以及大将典韦。而当时曹丕也身在军营，这是他第一次目睹至亲战死。他在战火中骑着快马侥幸逃脱，那一年，他才十岁。

曹昂死后，曹丕便成了兄弟们中的大哥。按理来说他应该是弟弟们的表率，然而他的几个弟弟却相继迸发出惊人的天赋。神童曹冲，被曹操多次公开称赞，甚至暗许将来由他继承大业。还有文采出类拔萃的曹植，登铜雀台游玩时曹操曾出题给几个随行的儿子，曹植不假思索便写出了名篇《登台赋》。曹丕虽然各方面都不差，但又似乎各方面都差了一点。他每次看着父亲称赞自己弟弟时爽朗的大笑，就不由得陷入长久的沉默。他在想：我为什么不可以？

在成为一个政治家之前，曹丕骨子里也是一个文人。他也像曹植那样，拥有文人细腻幽微的情感。在众宾欢坐的宴会中，他会写"乐极哀情来，寥亮摧肝心"；看到流民遍野，妻离子散，他会写"弃置勿复陈，客子常畏人"。他的《燕歌行》是公认的我国第一首完整成熟的七言诗，在这首诗里他更是把这种细腻发挥到了极致："明月皎皎照我床，星汉西流夜未央。牵牛织女遥相望，尔独何辜限河梁。"他在《典论·论文》中畅谈文学，我们今天熟知的"建安七子"之名，就是从他笔下而来，而这部专论也被称为我国第一部文学批评作品。

但另一方面，他又不敢沉溺其中。他从小跟在曹操身边，见惯了父亲的杀伐决断，也见惯了文人被他们的天真和感性所拖累。所以，当他决定去权力的顶点看一看时，便开始收敛自己的文人气质。他要像他的父亲那样，不仅怀抱着雄心抱负，也要有实现这种抱负的必要手段。

继承之争的结果我们都知道，不出意料，最后由政治家曹丕战胜了文学家曹植。曹丕继位后做了曹操一直不敢做的事情——废汉自立，并且开始了自己大刀阔斧的改革。对内，他整顿朝纲，颁布《禁诽谤诏》，禁断大臣间互相诬告的不良之风；对外，他平定青、徐二州，最终完成了北方的统一，后来更是三次亲征东吴。他在一次次试探和前进中逐渐靠近了自己的父亲。

围绕在曹丕身上的主要争议，是在七步成诗的故事里表现得太像一个昏君。但这件事在《三国志》和《曹植集》中都没有收录，而是出自二百多年后的《世说新语》，所以历来都有很多人怀疑其真伪。

公元 225 年冬，曹丕途经曹植封地，终于与这位曾经和他争权的亲弟弟见了一面。彼时曹丕年近四十岁，而曹植小他五岁，一个是大权在握的皇帝，一个是有名无实的藩王。窗前风雪交加，屋内灯火闪烁。他们是亲兄弟，儿时曾一起嬉戏打闹，如果他们生在寻常的书香门第，长大后也许可以成为像苏轼、苏辙那样生死与共的兄弟。但一阵风起，这种美好的梦想随之幻灭，他们突然发现，人生真的无法重来。命运一次次地把他们推向大路两边，各自为营，注定难聚。曹丕走后，下令曹植封地增户五百。

公元 226 年初，曹丕经过长途跋涉回到洛阳，几个月后病重。弥留之际，他留下遗言，希望能够像他的父亲曹操那样，丧事一切从简，不封陵、不建寝、不陪葬，妃嫔各自归家。想来浮华戎马半生，爱恨欲权争了一辈子，到头来他还是暴露了自己是兄弟之中最平凡的那个，也恰恰是最想得到父亲认同的那个。也不知，最后一刻，他是否如愿？

曹植：空负才华，不知所求

古往今来公认的三大"仙才"，分别是曹植、李白和苏轼。出身世家望族的南朝文豪谢灵运一生狂傲，却也说："天下才共一石，曹子建独得八斗，我得一斗，自古及今共分一斗。"他是曹操的儿子，曹丕的亲弟弟，自幼天赋异禀，文采出众，然而先被父亲所弃，后被兄弟猜忌、侄子软禁，一生空有其名，只活了四十一岁便郁郁而终。而他留下的那篇《洛神赋》却被后世奉为"八大名赋"之一，"翩若惊鸿，婉若游龙""凌波微步，罗袜生尘"都出自这里，论写美写情，无人可出其右。同时也正是这一篇《洛神赋》，将他一生命运一分为二，前半生是不可一世的才子，后半生是哀叹乞怜的陈王。

公元 220 年，曹操病逝，曹丕即位，也是这一年曹丕废汉自立，两兄弟间的争斗终于被摆在了台面上。曹植穿着丧服，带领群臣为汉而哭。曹丕非常生气："我刚刚称帝，你却哭哭啼啼，是何居心？"他开始处处针对曹植，先后杀了曹植的两个至交亲信丁仪、丁廙。

但在母亲卞太后的压力之下，曹丕最后还是放过了曹植。公元221年，二十九岁的曹植被封为安乡侯，去了河北晋州。这名义上是分封，实际则是被贬，从此他只能当个有名无实的王侯。几个月后，他又被改封鄄城侯。对一把渴望上阵杀敌的宝剑来说，最大的侮辱便是将它供起来。曹植就是那把宝剑，曹丕给了他荣华富贵，但偏偏不给他最想要的建功立业的机会。第二年，曹植又被封为鄄城王。在受封回城的路上，途经洛水，他思绪万千，写下了那篇《洛神赋》。

这篇赋文一出，震古烁今。因为其中句句飘飘似仙，简直非人间之句：

> 翩若惊鸿，婉若游龙。荣曜秋菊，华茂春松。髣髴兮若轻云之蔽月，飘飖兮若流风之回雪。
> 凌波微步，罗袜生尘。动无常则，若危若安。进止难期，若往若还。转眄流精，光润玉颜。含辞未吐，气若幽兰。（《洛神赋》节选）

为什么古往今来有才的文人那么多，能称为仙才者却寥寥几人？因为仙才非凡才，仙人之才，浑然天成，全凭意使。你想想，在近两千年前的东汉末年，古人对文字的运用、文体的探索都还处于早期阶段。曹操已经是当时最著名的文人，"老骥伏枥，志在千里"这样的句子已是不可多得的名句。而曹植这篇横空出世的《洛神赋》，将文字的组合运用到了新的境界，产生了奇妙的化学反应，足以奠定他仙才的地位。

然而，历史又留下了一个问题：这么传奇的《洛神赋》到底是为谁而写的？

有不少人觉得《洛神赋》是为曹丕的妻子甄姬所写，也就是曹植的嫂子。这种说法来源于唐朝人李善，他说最初想娶甄氏的是曹植，但曹操却把甄氏许给了曹丕。等甄氏死后，曹植去觐见曹丕，席上曹丕把甄氏曾经用的金缕玉带枕送给了他。曹植就抱着枕头返回封城，途经洛水时，梦见甄氏前来相会，醒来后睹物思人，便写下这篇《洛神赋》。但这种说法其实并不合理。首先，甄氏被许给曹丕时，曹植才十三岁，基本还是个孩子。其次，以曹丕的心性会允许别人给他戴绿帽子吗？更别提把自己妻子的遗物送给别人。所以这段故事大概是李善结合了当时盛行的传奇小说的风气而想象出来的，但是他为什么会这么编呢？因为最初《洛神赋》叫《感鄄赋》，曹植当时的封城便是鄄城。"鄄"和"甄"两个字在古代有通用的情况，比如《史记》中就有"诸侯会桓公于甄"，这里的"甄"其实就是"鄄"。所以魏明帝曹叡为避母讳，下令将篇名改成了《洛神赋》。后来不明缘由的人以为《感鄄赋》是《感甄赋》，是曹植有感于甄氏而作，这才难免对他们的关系产生了浪漫的想象。

还有一个说法，认为《洛神赋》所描写的是曹植的亡妻崔氏。她本出身清河崔氏，是名士崔琰的侄女，容姿艳丽，风华绝代。史书记载，曹操因为看她穿着华丽，有失节俭，将她赐死。

为什么说是给亡妻写的呢？《洛神赋》中有句："叹匏瓜之无匹兮，咏牵牛之独处。"牵牛织女为夫妇之说，在他另一篇赋文《九咏》中也印证过。除此之外，文中有多处类似的说法，也多适用于夫妻之间。所以相比"写给甄氏"之说，"想念亡妻"之说更加合理。

历史只留下这些蛛丝马迹，至于曹植到底是为谁写的，现在也没有定论。只是写完这篇赋后的十年间，曹植不断给曹丕、曹叡上书，希望能够得到重用，换来的却是一次次的迁封和没完没了的监视软禁。他一辈子也没能等到亲人的信任，在四十一岁那年郁郁而终。

　　我始终觉得，像曹植这样的仙才，我更情愿他写作此篇时不是拘于一人情思债苦，而是掺杂了这世间诸多感受。他独自坐在回城的马车之上，晃晃悠悠，听到洛水滔滔，恍惚间想起了儿时兄友弟恭，作诗被父亲夸奖；想起了父子齐心，戎马沙场；想起了弟弟曹冲意外离世，父亲一夜白头；想起了妻子含冤而死，嫂子甄氏晚景凄凉；又想起自己，自恃不世之材、遨游放浪，如今却孤影缥缈、未来无踪。到底浮生似梦，为欢几何？

种豆南山下，草盛豆苗稀。

晨兴理荒秽，带月荷锄归。

道狭草木长，夕露沾我衣。

衣沾不足惜，但使愿无违。

陶渊明

我与我周旋久，宁做我

我的办公室窗外是一条河，自西向东奔流。沿着河向左，天气好或者不好都能看到国贸、中国尊，以及一些象征着城市的建筑群，它们算得上是北京的地标之一。这条河接受了我诸多时日的凝视，我写稿写不出来的时候爱盯着它看，内心满足、当下安好的时候也看。目光最凶狠的大概是有一回隔壁公司装修，持续的噪声声声入耳，我对着电脑如坐针毡，偶尔传来的电钻声仿佛钻在脑仁上，我是一个字也写不出来。于是我站起来，对河怒目而视，这愤怒除了来自噪声，大概还有工作中的无奈。然而河接受了我的抱怨牢骚，还是安静流淌，风大就流得快些，风小就慢一点。说高洁，山水最高洁，任世人诽谤赞美都顺应时令，安之若素。河遇雨则流，干涸则止，那就是它的一生。

我突然就想到了陶渊明，"结庐在人境，而无车马喧。问君何能尔？心远地自偏"。心远地自偏，真正的安宁、平静，不是远离喧嚣，追寻形式上的归隐，而是身在闹世，也能修筑心中的藩篱。

陶诗清且真，心烦焦虑之时读那么一两首，胸中顿觉轻快。苏轼就是陶渊明的头号狂热粉丝，他在《书渊明〈羲农去我久〉诗》中说："每体中不佳，辄取读，不过一篇，唯恐读尽，后无以自遣耳。"意思就是，每当我身体不舒服了，就拿来陶渊明的诗读一读，瞬间便觉得身体轻盈。但我每次只允许自己读一篇，生怕哪天读完了，就再也不能排遣喽。

洒脱恬淡如陶渊明，他的生命中也有过同你我一样的纠结、往复，"躺不平"又"卷不动"。然而从某种意义上来说他是幸运的，经过了追寻与忍受，他终于找到了真正的自我。这正应了《世说新语》中的那句"我与我周旋久，宁做我"。

少时壮且厉

陶渊明生于公元 365 年，又名潜。此时正值东晋逐渐衰微之时，士族没落，军阀崛起，魏晋风度"是真名士自风流"的时代眼看就要过去。相传他的曾祖父是屡立战功的晋朝大司马陶侃，但随着他逐渐长大，他的家族日渐没落，父亲和庶母也在他很小的时候相继去世。他需要忍受贫穷，自己种田、劳作维持生计。不过，像这样听上去很凄凉的童年，在他的诗里却充满欢欣色彩。

> 忆我少壮时，无乐自欣豫。
> 猛志逸四海，骞翮思远翥。（《杂诗（十二首其五）》
> 节选）

无乐自欣豫，多么阳光而乐观的心境。他每天过得多快乐啊，也曾想着要周游四海，志存高远。那时候的陶渊明，就像春天带着露珠的嫩芽，不识愁滋味，即使清贫，却心无挂碍。

这样的日子过到了二十九岁，或许是放浪形骸、不可一世的精神态度无论在哪个年代都赚不着钱，也或许是他的田种得实在不怎么样，这从那句"草盛豆苗稀"中就可见一斑，总之躬耕的生活让陶渊明眼看就要吃不上饭了。再者说，古代实现抱负的方式无非是求仕，当时"猛志逸四海"的陶渊明，并非一开始就是一股自然的流水、熄灭的火焰。世界那么大，总要去看看吧。于是他离开了他的田地，打算出仕。

时隔多年，风雨千山后，回忆这平凡的一天，他的描述是"畴昔苦长饥，投耒去学仕"。其中想必也是夹杂了后来许多年的消磨，当初的凌云壮志，此刻想来竟有些荒唐，不如省去不表。

陶渊明的一生，可以大致分为三个阶段。二十九岁以前，陶渊明在家读书、种田，也曾出游。不过除了贫穷外，他尚不需要忍受其他桎梏。

陶渊明的第一份工作是江州祭酒。关于这份工作，《晋书·陶潜传》写道："以亲老家贫，起为州祭酒，不堪吏职，少日自解归。"江州祭酒没当几天，他便辞职回家了，辞职的原因是"不堪吏职"。有人说是陶渊明不习惯官场的繁文缛节，也有人说是他不满意当时的上司王凝之。史书中的记载只有寥寥几字，但这确是陶渊明初入职场的巨大不适。

二十九岁到四十一岁，是陶渊明人生中的第二阶段。他不断地自我周旋与沉淀，时官时隐，忍受着内心的反复，如同被烈火炙烤，任何一种生活状态都无法长久持续。与其说他无法很好地与世界磨合，倒不如说他尚未找到自己内心的安宁归宿。他的曾祖、外祖战功赫赫，为公为侯，青壮年的陶渊明心中也藏着仕途抱负、家国天下，可惜现实却是他实在无法很好地胜任官职。

少年的欢乐明媚已日渐消磨殆尽，后来州里又召他做主簿，陶渊明谢绝了。他打算回到自己的小园子，继续种田养活自己。此后十年，他也曾再入仕途，再试官场，中间也有过几度热忱，可结果却都不尽如人意。直到陶渊明四十岁左右，我们才从他的诗中再次窥见分毫出仕之事。这一年，他入刘裕幕府任参军。这次出仕，与后世李太白的"仰天大笑出门去，我辈岂是蓬蒿人"不同，陶渊明依旧充满了犹豫与纠结，他一步三回头，看着自己渐渐远去的家，写下了《始作镇军参军经曲阿》。

"年轻的时候，我无意于世事，快乐就是弹弹琴、看看书，种种我那一亩三分地，虽然清贫点但也自得其乐。现在时机到了，我再次走上仕途，暂别我的小园子。可这一路上的风景看久了也就厌倦了，我心里始终记挂着我那山河间的故居。看着天上的飞鸟、水中的游鱼，它们的自由让我羡慕而愧疚。我早晚有一天会回来的，会在我的小园里安居，只要我秉持着这本性初心，也就不会被形迹所拘束了吧。"

刘裕幕府并未久留陶渊明，第二年他又改任建威将军刘敬宣参军。因此，我想他如此厌恶官场的理由并非仅仅是拘束或不自由。就像我们如今在职场生存，也需要多方面的能力：专业过硬、情商够高、内心包容，除此之外还要有点好运气，才能遇到贵人提携、同伴赤诚的好环境。想拥有十全十美的职场环境可谓不易，恶劣的职场环境却屡见不鲜。也许是山河忽改，弄臣争宠，上司昏庸，总之，他离开了刘裕幕府，回到江州老家任建威将军参军。某次出差途中，他写下《乙巳岁三月为建威参军使都经钱溪》，依旧牢骚不断。"哎，看看我，一天到晚四处奔波，也不知为了啥。虽然我的身体被这官职仕途所限制，但我的本性却从未改变。我的心中始终有个田园梦，怎么可以离开我的小园子这么久、这么久？我做梦都想着回去，其心可昭，如霜雪松柏一样赤诚！"

这几首工作中的牢骚诗一出，我们的大诗人似乎又如此单纯可爱：上班就上班吧，我咬牙忍受几年，攒够一笔钱就回家！归园田居度此余生！

心里的苦比肉体的苦更难吃

公元 405 年，陶渊明四十一岁，这是他人生第三阶段的序章，十多年是官是隐的反复拉扯终于在这里尘埃落定。是年秋天，他改任彭泽令，也就是如今江西九江境内古彭泽县县令，这也是陶渊明的最后一份工作。他在这个职位上，只做了八十多天就辞官回家，自此再未归来。

辞官的直接原因，据《宋书》记载："郡遣督邮至，县吏白应束带见之。潜叹曰：'我不能为五斗米折腰向乡里小人！'即日解印绶去职。"这也就是后世说到陶渊明总要提起的"不为五斗米折腰"的故事。

然而更深层次的原因，藏在他承上启下的代表作《归去来兮辞》中，这是他人生最后一次出仕而归时写下的总结，也是后世文坛永恒的精神家园，欧阳修曾盛赞此文："晋无文章，唯陶渊明《归去来兮》一篇而已。"

细细读过《归去来兮辞》，陶渊明告别官场回归田园大概有三重内心波澜。

第一重，是妹妹的离开："尝从人事，皆口腹自役。于是怅然慷慨，深愧平生之志。犹望一稔，当敛裳宵逝。寻程氏妹丧于武昌，情在骏奔，自免去职。"我入仕途，都是为了有口饭吃，然而这样的生活实在让我太难受，愧于平生之志啊！这个彭泽县令本来想做满一年就走，没想到在任八十多天时，听闻我妹妹在武昌去世，我的心如同脱缰快马，自然要立刻辞职。

第二重，对于陶渊明来说，心里的苦总是要比肉体的苦难吃得多："于时风波未静，心惮远役，彭泽去家百里，公田之利，足以为酒。故便求之。及少日，眷然有归欤之情。何则？质性自然，非矫厉所得。饥冻虽切，违己交病。"我天性自由，热爱自然，历经几年官场亦未能被强行更改。今日辞官，我已料到来日定会经济困难。挨饿受冻的滋味虽不好受，但倘若要违背本心，于我怕是受到折磨更多。至此，他心意已决。

第三重，他内心光谱上的尘埃终于悉数落尽，对仕途的幻想完全破灭，因而平静坚决地转身，回归自然真淳的田野中去，那田园屋舍不只容纳其肉身，更使心灵安放于旷野，自在独行。

归去来兮，田园将芜胡不归？既自以心为形役，奚惆怅而独悲？悟已往之不谏，知来者之可追。实迷途其未远，觉今是而昨非。舟遥遥以轻飏，风飘飘而吹衣。问征夫以前路，恨晨光之熹微。乃瞻衡宇，载欣载奔。僮仆欢迎，稚子候门。三径就荒，松菊犹存。携幼入室，有酒盈樽。引壶觞以自酌，眄庭柯以怡颜。倚南窗以寄傲，审容膝之易安。园日涉以成趣，门虽设而常关。策扶老以流憩，时矫首而遐观。云无心以出岫，鸟倦飞而知还。景翳翳以将入，抚孤松而盘桓。

归去来兮，请息交以绝游。世与我而相违，复驾言兮焉求？悦亲戚之情话，乐琴书以消忧。农人告余以春及，将有事于西畴。或命巾车，或棹孤舟。既窈窕以寻壑，亦崎岖而经丘。木欣欣以向荣，泉涓涓而始流。善万物之得时，感吾生之行休。已矣乎！寓形宇内复几时？曷不委心任去留？胡为乎遑遑欲何之？富贵非我愿，帝乡不可期。怀良辰以孤往，或植杖而耘耔。登东皋以舒啸，临清流而赋诗。聊乘化以归尽，乐夫天命复奚疑！

迷途未远，今是昨非。家庭的温馨在他还未进门时就已将他环绕，夫复何求呢？并非只有名利双收、出人头地的生活才值得一过吧。人寄生于世的时日有几多？何不顺应自我，行止由心呢？就让生命随着世界的循环往复而归尽，乐天知命，不再犹豫。

名利、抱负、权力、地位皆是虚妄，他的根系深深埋在土地里。

虽然陶诗在当时的年代并未有太多人注意过，但他的才华与声望无可否认。陶渊明并非一介农夫或白丁，他要放弃的不仅仅是那一官半职、黄金几两，还有自己曾经升起过哪怕一秒的野心、可能实现的抱负。幸好晋代没有互联网，没有形形色色的热搜和朋友圈，不然他看到另一种生活的光鲜与自己当下的灰暗，或许会升起无尽叹惋抑或比较之心，因而徒增失落。

自此，他结束了与自我的周旋，做回真正的自己。

繁华落尽见真淳

归隐的人分为两种，一种半真半假，历经了浮沉荣辱后厌倦世间嘈杂，卸甲归田，但内心尚有不甘，附庸风雅一阵子，耐不住寂寞和清贫便会再入红尘。另一种则如同一缕燃尽的青烟，已熄已止，沉静悠远，以田园生活为真正的乐之所在，躬耕田间，别无挂牵。

陶渊明无疑是后者。四十一岁之后，陶渊明进入人生的第三个阶段，其诗歌创作也进入了鼎盛时期。他写恬静淡然之景物，写简朴真诚的生活，他或耕种，或春游，或读书，或饮酒，这些无一不化作诗文长留。

入世或出世这两种生命态度本无对错，都是个人选择，政治态度更是无从说起，因此我在读到对陶渊明的人生道路进行评价的文章时常粗粗略过，但对他清新可爱的四言诗、五言诗却十分喜爱。这些诗歌读起来总是清新干净，令人如沐春风，《闲情赋》《停云》《归园田居》《饮酒》，甚至还有他的读书笔记《读山海经》，都是如此。

有一年跨年我去了海南，下了飞机就感受到异于北方的温暖湿润、生机勃勃。从机场去酒店的路上满眼新绿，我打开车窗任风从四面八方吹拂而来，远处有低矮的青山在湿润的云雾中若隐若现，我只觉得好不惬意，无异于我第一次读靖节先生《时运》时的心境："山涤余霭，宇暧微霄。有风自南，翼彼新苗。"

陶渊明回归田园后的第二年便作《归园田居》五首，最灵动的我认为是其三：

> 种豆南山下，草盛豆苗稀。
>
> 晨兴理荒秽，带月荷锄归。
>
> 道狭草木长，夕露沾我衣。
>
> 衣沾不足惜，但使愿无违。

一句"草盛豆苗稀"，写出了我们的大诗人种田水平怕是不怎么样，但最让我叹为观止的还要数这句"衣沾不足惜，但使愿无违"。一语双关，写出的不仅仅是对草木的希冀，更是对此刻生活的一种自我坚定。一切都很好，哪怕早出晚归、披星戴月，只要不曾违背自己的愿望，只要内心是自由的，就不必优柔。

从四十一岁辞官回家，一直到六十二岁去世，这近二十年的岁月中陶渊明复得返自然，自觉人生祥和与美好。"纵浪大化中，不喜亦不惧。应尽便须尽，无复独多虑"，他就如此这般晴耕雨读，心灯不夜。

后世对于陶渊明的褒奖千千万万，我以为最好的赞美莫过于苏轼这四句："欲仕则仕，不以求之为嫌；欲隐则隐，不以去之为高。饥则扣门而乞食；饱则鸡黍以延客。古今贤之，贵其真也。"

一个字，真。

王勃

生如流星，刹那芳华

城阙辅三秦，风烟望五津。
与君离别意，同是宦游人。
海内存知己，天涯若比邻。
无为在歧路，儿女共沾巾。

这两年我在互联网上讲诗人，发现大家都很喜欢王勃。有时候翻一翻大家的评论，有夸《滕王阁序》写得神的，有感慨王勃英年早逝的，有羡慕王勃的，还有想"魂穿"王勃的。其实最终所有这些大大小小的情绪落在一起，汇成王勃的批语，只有四个字：天妒英才。

王勃有多可惜？公元 676 年，王勃去世，年仅二十七岁。而当时同为"初唐四杰"的骆宾王已五十八岁，卢照邻四十岁，杨炯二十七岁。而后世称道的盛唐气象，似乎近在眼前。此时，张九龄三岁；十二年后，大唐生太原王之涣；十三年后，生襄阳孟浩然；二十二年后，生太原王昌龄；二十五年后，生剑南李白，生河东王维；二十八年后，生沧州高适；三十六年后，生巩县杜甫。如果王勃能顺利活到六十岁，开启盛唐的文坛领袖，或许就会是他。

少年成名

王勃出生在山西河津一户书香门第，祖父王通在隋朝时期就是远近闻名的大儒，因此他从小就有机会接触各种名家典籍。他有两个哥哥，都对他关爱有加，读书碰到不懂的地方，王勃总喜欢拿着书去问他们。

他六岁起便能作诗。曾经有一次，他写的诗被父亲的朋友杜易简看到，赞不绝口，直言是"王氏三株树"。九岁时，他读大儒颜师古注解的《汉书》，发现问题重重，便熬了好几个大夜，写出了十卷《指瑕》，痛斥其学问不精。

之后，在父亲和哥哥的建议下，王勃开始专注科举，希望能够求取功名。这时他积极拜谒各种名流，又上书当朝宰相。在文章里，他极尽文采之能事，纵横捭阖，对方看后大惊，直呼神童。

十六岁，王勃应幽素科试及第，授朝散郎，相当于县处级干部，成为当时最年轻的官员。之后，在昔日主考官的介绍下，他成为沛王府的修撰，侍读左右。少年平步青云，他恍惚看到眼前的大路上有金光阵阵，气魄辉煌的亭台楼宇中飘浮着搭建起的宫殿。

在长安，王勃开始结交名士，过上了舒适自得的生活。有一天，他的好友杜少府要离京赴任川蜀，他有感而发，洋洋洒洒，写下了一首送别诗《送杜少府之任蜀州》：

> 城阙辅三秦，风烟望五津。
> 与君离别意，同是宦游人。
> 海内存知己，天涯若比邻。
> 无为在歧路，儿女共沾巾。

这首五律是初唐时期最为出名的一首送别诗。王勃现存的诗以五言绝句和五言律诗为主，兼有一些七言和杂言。五言是南北朝时期诗歌的主流体裁，并且齐梁时出现了"永明体"，开始将四声格律用于诗歌创作。这种探索一直持续到初唐时期，五律方逐步成熟定型。我们来对比一下，同样是五律的送别诗，盛唐的李白有一首

《渡荆门送别》：

> 渡远荆门外，来从楚国游。
>
> 山随平野尽，江入大荒流。
>
> 月下飞天镜，云生结海楼。
>
> 仍怜故乡水，万里送行舟。

这首诗是李白二十多岁刚刚出蜀时所写，也是一身的少年潇洒，但读起来更加明朗洒脱。大江大海为我流淌，天下唯我独尊，这是李白。而王勃这首诗的可贵之处在于，他在初唐时期就已经掌握了比较成熟的律诗写作技法，并且从诗的格调上来说，王勃也并不输李白。离别本来难过，但这首诗处处透露着昂扬慷慨之气，尤其那句"海内存知己，天涯若比邻"，读完令人豁然开朗。

两次挫折

在沛王府任职期间，皇子们和王勃年纪相当，每次有什么好吃的好玩的，就拉着他一起，时间一长，他逐渐忘记了自己的初心。有一次，沛王和英王斗鸡，王勃便在一旁兴致高昂地观战，战斗激烈时，他取出笔墨，写了一篇《檄英王鸡文》。不久后，这事儿传到了唐高宗耳朵里，他龙颜大怒，将王勃逐出长安。那一刻，如晴天霹雳，王勃方才大梦初醒。

这是仍未满二十岁的王勃人生中遇到的第一次巨大的挫折。他在心里一次次地设想：如果可以重来，我绝对不会写那篇文章。

在此之后，他去过川蜀一带，散心的同时，也在寻找机会。我们可以看看他写于这个时期的诗：

长江悲已滞，万里念将归。

况属高风晚，山山黄叶飞。（《山中》）

江送巴南水，山横塞北云。

津亭秋月夜，谁见泣离群？（《江亭夜月送别二首（其一）》）

乱烟笼碧砌，飞月向南端。

寂寂离亭掩，江山此夜寒。（《江亭夜月送别二首（其二）》）

这些诗很能反映他当时的心境。远游的人悲伤落寞，连长江看起来都似乎已经停滞，这样何时才能回家呢？这是非常绝望无助的情感。

几年后，王勃经人介绍去虢州任参军一职。在此期间，他被人下套藏匿罪犯曹达。他得知后，惊惧之下私刑处死曹达，却因此犯了死罪，幸好遇到大赦，才没有被处死。王勃的父亲也因此受到了牵连，被贬到南荒之地交趾。这是王勃人生中遇到的第二次巨大的挫折，也是最为致命的一次。

成为流星

在家闭门思过一年后，王勃乘船南下去看望父亲。那一天，他途经南昌中转休息，正感到旅途枯燥无聊，恰逢滕王阁修成，阎公大摆宴席，便干脆去凑凑热闹。酒足饭饱，阎公起身走到席间，大声说道："哪位公子愿意为这座滕王阁题篇序文？"一时间无一人敢上前。这时，人群之中，醉醺醺的王勃突然起身，说道："就由我来试试吧。"

借着酒意，王勃信手提笔写道："豫章故郡，洪都新府。星分翼轸，地接衡庐。"他越写越快，文思泉涌。那一瞬间，他突然想起这些年的悲欢苦乐，爱恨得失，不可自控。

关山难越，谁悲失路之人？
萍水相逢，尽是他乡之客。

老当益壮，宁移白首之心；
穷且益坚，不坠青云之志。（《滕王阁序》节选）

洋洋洒洒，一气呵成。阎公和众人看完，惊为天人。在嘈杂欢闹的盛赞之中，王勃却早已陷入沉沉的梦乡。

再醒来时已在交趾境内，阔别许久，王勃终于见到了被自己拖累的父亲。此时父亲两鬓斑白，脸上的皱纹深陷，仿佛沟壑纵横。他背有些驼，眼睛却眯着，带着笑意看着王勃。那一刻，王勃终于像个孩子一样，跪地抱着父亲的腿，大声哭了出来。那哭声里，是委屈，是不甘，是愧疚，是失落。父亲什么都没说，只是用温热的手掌，一直摩挲着他的头。

在交趾和父亲待了一段时间，王勃终于重拾信心，踏上回程的水路。站在船边，他看着眼前的风浪，天空正在明暗转换。回想起了父亲的叮嘱，暗自发誓要继续好好读书，再寻出路。那颗一度疲惫冰冷的心好像正在一点点回温。他想到之后重新回到长安，要去重访故交，甚至可以先去一趟蜀州，看看杜少府。正这样想时，一阵风浪突然拍打船体，紧接着另一阵巨浪卷起，面前的天空被完全遮蔽，他下意识地闭眼退后，可终究已来不及。

那一刻，沧海混沌，浮生若梦，过往如同走马灯，混入层层浪里，鱼贯入口。他恍惚想到，人心沉浮，宦海危途，虽顶奇才之名，一路凯歌，但小人暗箭亦十面埋伏；自恃天纵之才，终逃不过笼中戏弄。此时，生机被盗，等他被救上来后，不久便惊悸而死。后人只笑他是被吓死的，却不知天才高处不胜寒，这寒光亦能杀人。

星光消失在同一片星空

讲完王勃，如果我们再横向去展开历史，会意外地窥见历史的玄机。当我们为王勃不幸的命运感慨时，去看看"初唐四杰"中其他三位的人生，会发现同样有着诡异的宿命捉弄。

杨炯，和王勃同岁，也是同样的天才，"宁为百夫长，胜作一书生"便出自他手。对于四人的排名，他曾说"愧于卢前，耻居王后"，可见其自信。他九岁便被称为神童，二十六岁拜校书郎，三十二岁一跃成为太子詹事司直，掌管太子东宫庶务，并充任崇文馆学士，平步青云。正当他满心欢喜之际，不过两年，因他的堂兄跟随徐敬业起兵讨伐武则天,他们一家受到牵连,被贬四川。之后的几年,他不断极力歌颂武则天,但仍无济于事。四十二岁出任浙江盈川县令,第二年便于萧索之中病逝。

卢照邻,出身当时五姓七望之一的范阳卢氏,曾写下名句"得成比目何辞死,愿作鸳鸯不羡仙"。他擅写骈文、七言,先受朝廷重臣来济器重,后得皇叔邓王青睐,常年跟随邓王左右。后来,他因《长安古意》一诗得罪武则天的侄子武三思,被害入狱。等到出狱后,他先是长病不起,避居太白山养病,随后丧父,家道中落,以一介布衣,寄食友朋。生命迟暮之时,他反观一生:高宗尚吏,他独尊儒;武后尚法,他为黄老。一辈子格格不入,生不逢时。于是他环水建墓,终日卧居其中。风雨如晦,疾病交加,他最终投水而亡,年仅四十岁。

骆宾王,也是头顶神童之名,七岁便写下了《咏鹅》,声名大振。然而他早年丧父,四处流离。成年后,进入道王李元庆府中,道王叫他陈述才能,他辞不奉命。后拜奉礼郎,他又被贬西域戍边多年。他一生的仕途都没有平坦过。武则天当政,他任长安主簿,上书论政,随后被贬为临海县丞。没过多久,他便弃官而去。武则天废中宗,徐敬业起兵伐武,骆宾王便为其代写檄文。等到徐敬业兵败,骆宾王也自此下落不明。有人说他被杀,有人说他落发为僧。

这就是"初唐四杰"的人生。杜甫曾写诗道:"王杨卢骆当时体,轻薄为文哂未休。尔曹身与名俱灭,不废江河万古流。"年华峥嵘,岁月坦荡,终敌不过万物造化。但仍旧有东西不灭,留下来成为历史,成为故事,成为传奇,也成为午夜的唏嘘和慨叹。

李白

浇不灭的火

大鹏一日同风起，扶摇直上九万里。

假令风歇时下来，犹能簸却沧溟水。

世人见我恒殊调，闻余大言皆冷笑。

宣父犹能畏后生，丈夫未可轻年少。

一位研究李白的学者说："我们谈到李白时，应该记住有三个李白：历史真实的李白、诗人自我创造的李白，以及历史文化想象所制造的李白。"

作为传诵度最高的诗人，李白的一句"床前明月光"存在于我们每个人的童年，我对李白最初的印象也源于牙牙学语阶段。小时候看的第一本书是《儿童唐诗三百首》，确切地说是父亲给我读的。当时我住在姥姥家，有一天吃过早饭，我搬着一把小竹椅坐在父亲面前，开始了家庭诗词启蒙课堂。20世纪90年代特有的墨绿色窗帘上竹节栉比、风光旖旎，当父亲读到"故人西辞黄鹤楼，烟花三月下扬州。孤帆远影碧空尽，唯见长江天际流"时，阳光透过帘子照进来，风起帘动。那一刻，我尚未发育完全的大脑，在儿时的北方小城感受到一种遥远。这种遥远并非物理意义上的远，而是一种朦胧的期待与向往。现在回头想，那大概就是我人生中第一次感受到美。

因此，诗人李白对我来说意义非凡，书写他的故事令我诚惶诚恐，迟迟未能下笔。论史实，我资历尚浅，难以还原全貌；论文学虚构，又自觉才情差矣，配不上他的浑然天成。最后，我只能摘取其生命的若干片段，以期管中窥豹，试着靠近这位谪仙人的俊逸与蹉跎。

少年锋芒

公元 701 年的碎叶城，一富商家有男婴降世。此前，孩子的母亲曾梦见长庚入怀。长庚是中国古代对于金星的称谓，又叫"太白金星"，因此孩子的父亲为其取名为"李太白"。他的少年时光正值开元盛世，国力强盛，城市繁华，加之家教良好，这些因素让李白早期的作品豪迈而自我，这种俊逸也逐渐成为贯穿其一生的底色。

十八岁，李白漫游至梓州，师从赵蕤，读书、练剑，并学习《长短经》。《长短经》是赵蕤的著作，其中多纵横之术，包含如何治平立身、辅佐君王等处世之道。赵蕤博于韬略，长于经世，天文地理、杂学百科无一不通，身上又带着侠士的气质。在他的影响下，李白非凡的抱负也逐渐养成，诗文间充斥着气吞山河的浪漫想象。

然而就是这样一位"五岁诵六甲，十岁观百家"（《上安州裴长史书》）"十五观奇书，作赋凌相如"（《赠张相镐二首》其二）的意气风发的少年，从二十岁这个壮志凌云的年纪开始，遭遇人生一场又一场风雨。

开元八年（720 年），李白带着自己的得意之作，去拜访当时大名鼎鼎的文豪李邕，没承想吃了闭门羹。李邕瞧不上他，认为其诗是"俗歌俚曲"。他懒得接见这位心比天高、除了梦想一无所有的年轻人，便拨了点盘缠拿给下人，想打发李白走人。

少年锐气，爱憎分明。遭受冷遇倒也不是第一次，李白冷笑一声，拒绝了那点盘缠，留下一首《上李邕》，拂袖而去。

大鹏一日同风起，扶摇直上九万里。

假令风歇时下来，犹能簸却沧溟水。

世人见我恒殊调，闻余大言皆冷笑。

宣父犹能畏后生，丈夫未可轻年少。

这点小小的挫折自然无法打击到李白，而这首潇洒隽永的诗却在后世治愈着一个又一个失意之人。每当我遇到否定与轻慢，总会想起这首诗，想起少年李白的豪情万丈，明白失意之时更要懂珍重、爱惜自己。

此后，他读万卷书，行万里路，决心遍干诸侯，历抵卿相。东游洞庭，西去云梦，北上太原，南下隋州，这其间他不断拜谒，又不断失败，未曾停下的是自笔尖缓缓流出的才情，清丽诗篇便自然长成。

醉梦难分

难忘峨眉山的月光，他写道："峨眉山月半轮秋，影入平羌江水流。夜发清溪向三峡，思君不见下渝州。"

出了三峡，他的心畅快明丽，一首《渡荆门送别》便流连舟上："渡远荆门外，来从楚国游。山随平野尽，江入大荒流。月下飞天镜，云生结海楼。仍怜故乡水，万里送行舟。"

他的自我常常浑然天成："问余何意栖碧山，笑而不答心自闲。桃花流水窅然去，别有天地非人间。"

开元二十二年（734 年），自仗剑去国、辞亲远游已是十年有余，李白去了不少地方，写过的诗文不可胜数，一斗酒就能作百篇，浑然天成，兴至语绝。其间他收获过不少赞扬、崇拜的目光，当然也有几声轻蔑、妒忌的讥笑。他也曾酒隐安陆，娶妻生子，拜谒过各路高人，交了不少朋友，期望能获得举荐辅佐君主，可惜最终不过换得一句"壮志恐蹉跎，功名若云浮"。官场的黑暗与腐朽让他大失所望，他写《行路难》《蜀道难》，慨叹这条"通天之路"真的难于上青天！更多的时候，他发现自己有一种"拔剑四顾心茫然"的无可奈何。至高至强的武功已成，只等拔出那把传世宝剑，他却猛然发现目之所及竟无处让他施展。

这年秋天，他与昔日挚交元丹丘相会于颍阳，酒过三巡，李白回想着这些年的林林总总。醉梦和清醒常常难以分辨，理想和现实又像目光一样遥远，还能说些什么呢？喝酒吧！

> 君不见黄河之水天上来，奔流到海不复回。
> 君不见高堂明镜悲白发，朝如青丝暮成雪。
> 人生得意须尽欢，莫使金樽空对月。
> 天生我材必有用，千金散尽还复来。
> 烹羊宰牛且为乐，会须一饮三百杯。
> 岑夫子，丹丘生，将进酒，杯莫停。
> 与君歌一曲，请君为我倾耳听。
> 钟鼓馔玉不足贵，但愿长醉不愿醒。
> 古来圣贤皆寂寞，惟有饮者留其名。
> 陈王昔时宴平乐，斗酒十千恣欢谑。
> 主人何为言少钱，径须沽取对君酌。
> 五花马、千金裘，呼儿将出换美酒，与尔同销万古愁。（《将进酒》）

没有怨憎与悲苦，更不提那"万古愁"具体的模样，纵使行路难、蜀道难，干了这杯酒，是醉是梦不必分辨，你我愁苦烟消云散。

这是李白的落落大方。

人生中最得意的冬天

天宝元年（742年），已是四十二岁的李白在历经二十多年不得志的拜谒之路后，终于接到了朝廷召他入京的诏书。临行前，他辞别妻儿，写下了《南陵别儿童入京》："仰天大笑出门去，我辈岂是蓬蒿人！"而后搁笔上马，意气风发再入长安，于翰林院待诏。

翰林待诏，顾名思义，就是等待皇上随时下诏，除了十天一次的休沐日可以出去，其他时间都要原地待命。这是等了二十多年才等到的机会，天纵奇才如李白，也小心翼翼地捧着。他既不敢随意出游，也不敢似往日酩酊大醉，生怕误了正事。每日就在大明宫的翰林院温习经史，想着实现抱负指日可待。

从八月处暑余热未消，等到十月霜降天气微凉，内侍终于传来圣旨，召李白侍从圣驾前往骊山温泉宫。此行不是去济苍生，也并非去安社稷，唐玄宗只是叫李白作一首驾幸温泉宫的诗。李白马上写了一首呈上，唐玄宗看后称赞："不错，写得又好又快，赐宫锦袍。"初次应召写诗，李白觉得皇上待他甚好，"降辇步迎，御手调羹"。就像千里马遇上伯乐，管仲、晏婴、张良、诸葛亮，历代名臣的身影不断在他脑海中涌现，他当即决心肝脑涂地，报效大唐。

李白想这只是个开始，曾经"读万卷书，行万里路，遍干诸侯，历抵卿相"的经历，终于换来舞台帷幕缓缓开启，以后有的是他发挥才干谋略的机会。当时的他又如何会料想到，这竟是他人生中最得意的一个冬天。

很快，朝中权贵看不惯他的豪放与得意，一句又一句的耳边风在唐玄宗面前吹过。他们说他的诗文暗讽贵妃，说他常常烂醉如泥口无遮拦。于是天宝三载的春天，皇上一句"赐金放还"，李白便离开了长安。他摘下学士帽，脱掉宫锦袍，落寞的背影和着夕阳散落在大明宫的宫墙之上。来到长安供奉翰林，他用了四十二年，离开这里，却只用了短短三年。

楚国青蝇何太多，连城白璧遭谗毁。（《鞠歌行（其一）》节选）

挥涕且复去，恻怆何时平。（《古风五十九首（其二十二）》节选）

他沿黄河东下，在风中留下诗句，没有扭捏和遮掩，飞流直下三千尺的是他的才情、失望或者叹息。

飘零酒一杯

长安的三年仿佛黄粱一梦，李白终究没能建立一番盖世功业。

后来他南下吴越，北上荆门，结识了杜甫、高适等知交，寄情山水，登临怀古。有一年春天，当他再次回到金陵时，发现自己再也写不出三十年前初次到这里的那种轻快明媚："风吹柳花满店香，吴姬压酒唤客尝。……请君试问东流水，别意与之谁短长？"三十年后故地重游，谪仙人也带了几分沧桑："凤凰台上凤凰游，凤去台空江自流。吴宫花草埋幽径，晋代衣冠成古丘。三山半落青天外，二水中分白鹭洲。总为浮云能蔽日，长安不见使人愁。"

这将近十年的漫游并未磨灭他心中那团渴望建功立业的火，风雨吹不熄，烈酒浇不灭，红尘与糟糠亦未能叫他放下。

天宝十四载（755 年），安史之乱爆发，山河凋败，生灵涂炭，永王李璘奉命出师东巡。李白想，永王大军出三江，救中原，只要收复了长安和洛阳，大败叛军，天下也就太平了！眼看报国的时机已成熟，于是李白即刻入了永王幕府，只等谈笑间退敌百里，功成身退，名垂青史。李白欣喜若狂，认为自己经此一役，必将荣归故里。临走前他给妻子留下《别内赴征三首》，调侃道："归来倘佩黄金印，莫学苏秦不下机。"

这条"通天之路"来得晚是晚了点，但也算对得起这些年他所经历的磨难。

就在李白踌躇满志打算济苍生、安社稷之时，唐肃宗李亨即位了，他命永王李璘撤兵回朝，李璘不从，随即被以叛乱罪讨伐。李白也蒙受"附逆作乱"的罪名含冤入狱，长流夜郎。

公元 758 年春，五十八岁的李白从浔阳出发，踏上了流放之路。一路上走走停停，竟用了近一年光景。当行至奉节时，因关中大旱，唐肃宗大赦天下，李白亦在此列。回头看这些年仗剑天涯的漂泊，他发现人生竟已走过大半。英雄迟暮，岁月带给他的只有一头白发、两行清泪和满身疲惫。

他依然在漫天朝霞中，乘上东去的小舟，只留轻快。

朝辞白帝彩云间，千里江陵一日还。

两岸猿声啼不住，轻舟已过万重山。（《早发白帝城》）

公元 761 年，听闻贼军南下，年过花甲的李白再次热血沸腾，决心入李光弼帐下请缨杀敌，行路未过半却病倒了，只能投靠其族叔——当涂县令李阳冰。

公元 762 年，李白病重，在病榻上把一生诗文手稿交予李阳冰，后者为其编订遗集，作《草堂集序》。

是年，李白写下了人生最后一首诗《临终歌》。

大鹏飞兮振八裔，中天摧兮力不济。

余风激兮万世，游扶桑兮挂石袂。

后人得之传此，仲尼亡兮谁为出涕？

那个扶摇直上九万里的大鹏飞至半空跌落，是因为没有力气吗？它激起的风还能传承万世呢，终究是这天地小啊！孔子曾为死去的麒麟哭泣，这大鹏呢，谁会为他哭一场？李白的诗，磅礴大气与清新明丽兼具。但回看他一生的岁月，宦海浮沉荣辱似乎都未能配得上他诗里的酣畅淋漓，不知道在生命最后写下《临终歌》的那一刻，他是否释怀，有无失落？

公元 764 年，朝廷下诏广开言路、广觅贤良，李白受到举荐，官拜左拾遗，然而谪仙人李太白早已于两年前陨落，终究没能收到这颗足以千千万万次点燃他的星火。

关于李白之死，学界尚无定论，江湖上却总有浪漫传说。有人说他醉后于江中捞月，再未归来，那水中月，镜中花，是他梦里的千军万马。

他始终向着心里的世界一次次进发，至死方休。

不灭

远山，是李白诗里永恒的意象。

山，深沉宁静，曾无数次治愈他，像母亲的怀抱，给他永恒的
安全感。

爬山的过程总不厌，脚结结实实地踩在土地上，感受作为生物
最基本的行进、停止。生理上的疲惫，是一种对内的自我观照。

李白最后一次登庐山是在六十岁，那是他生命的最后两年。与
庐山作别，他写下了《庐山谣寄卢侍御虚舟》，没有回忆，没有追
问，只有山水。

> 我本楚狂人，凤歌笑孔丘。
> 手持绿玉杖，朝别黄鹤楼。
> 五岳寻仙不辞远，一生好入名山游。
> 庐山秀出南斗傍，屏风九叠云锦张，
> 影落明湖青黛光。
> 金阙前开二峰长，银河倒挂三石梁。
> 香炉瀑布遥相望，回崖沓嶂凌苍苍。
> 翠影红霞映朝日，鸟飞不到吴天长。
> 登高壮观天地间，大江茫茫去不还。
> 黄云万里动风色，白波九道流雪山。

好为庐山谣，兴因庐山发。

闲窥石镜清我心，谢公行处苍苔没。

早服还丹无世情，琴心三叠道初成。

遥见仙人彩云里，手把芙蓉朝玉京。

先期汗漫九垓上，愿接卢敖游太清。

从前看山，只觉得巍峨高不可攀，而当时过境迁，再细想回首，山不过是山，何必多笔叹红尘。任世人厌我、妒我、恨我、爱我、笑我、哭我，我只当风曾来过。

所有关于李白的描述里，我最喜欢这句："酒入豪肠，七分酿成了月光，余下三分啸成剑气，绣口一吐，就半个盛唐。"

他就像一团浇不灭的火，坚强，浪漫，自由，他本身就是盛唐。

举杯，敬李白！

中岁颇好道，晚家南山陲。

兴来每独往，胜事空自知。

行到水穷处，坐看云起时。

偶然值林叟，谈笑无还期。

松风拂我面，世事欲辨已忘言

王维

名垂青史的诗人大都浓郁，有强烈的个人风格，这风格不仅体现在字里行间，还折射于他们为人处世的过程中。李白热烈，无论何时都态度鲜明、高昂起头颅；杜甫热烈，语不惊人死不休；李商隐、白居易、王勃，无一不似大唐的金碧山水般壮阔辉煌。而王维在盛唐诗人中则尤为独特，他经常是淡淡的，如同他笔下的清澈夜晚，入空山，松风拂面，看明月出山。

我经常跟自己说，人生的运气是守恒的，运气好的时候别得意，倒霉的时候也别一蹶不振。但似乎好运气不怕来得晚，就怕来得早。大器晚成、厚积薄发，这些都是好词，而倘若一个人少年得志，过早体味过春风得意，再经历慢慢凋敝，则空余一身惆怅与失落。如何零落成泥再于废墟里生出香，且看诗佛王维。

少年天才，盛世明星

王维生于公元 701 年（一说公元 699 年），与李白同期，家族显赫，书香门第。在唐代，世家大族在社会上享有崇高的威望和地位。而在所有的世家大族中，又有几支最为尊贵，即陇西李氏、赵郡李氏、博陵崔氏、清河崔氏、范阳卢氏、荥阳郑氏、太原王氏，它们并称五姓七族高门。相传晚唐宰相郑覃，为把孙女嫁入清河崔氏家，连当时的皇太子求娶也不同意，贵族地位可见一斑。王维的父亲就出自其中的太原王氏，而母亲则出身于博陵崔氏，可以说，他的起点就是很多人一生追求的巅峰。

在这样的家庭环境下，父母把他养育得很好，知书达理，风度翩翩，再加上其基因里自带的艺术敏感性，王维在艺术方面有着相当高的造诣。放眼整个唐代，甚至自古至今，能在某个领域有所建树的艺术家已是万人敬仰，鲜少有人能在各个门类都独领风骚，而王维便是其中一个。他在诗歌、绘画、音乐、书法等领域皆有所长。

先说诗歌，王维是盛唐山水田园诗派的代表，十七岁就写出了"独在异乡为异客，每逢佳节倍思亲"这样名动天下的诗句。到了诗歌创作生涯的中后期，他的成就更高，诗风清婉，回味无穷。

空山新雨后，天气晚来秋。
明月松间照，清泉石上流。
竹喧归浣女，莲动下渔舟。
随意春芳歇，王孙自可留。（《山居秋暝》）

我很小的时候背过这首诗，最后两句是最难背的，总是记不住，前半首却滚瓜烂熟。如今想想，大概是因为那幅秋山图已经像照片一样印在了我的脑海。这就是王维的妙，诗中有画，画中有诗。上至白发翁叟，下至田舍小儿，都能从他的诗里咂摸出美。

再说他的画，不仅仅是画得好那么简单。王维开创了南宗破墨山水画派，在金碧辉煌的盛唐青绿山水中独树一帜，以焦、浓、重、淡、清的五彩墨色，创造出一个风雅、留白、意味悠远的新世界，对后世文人、画家影响深远。董其昌在《画禅室随笔》中说："文人之画，自王右丞始。"与绘画一脉相承的是王维的书法作品，他九岁便"工草隶"，笔力刚柔并济，卓尔不群。

诗书画相通，苏东坡、郑板桥都曾在这三个领域皆有造诣。而音乐却是另一种维度的技法，要从头学起。王维在音乐领域亦得名门世族的风流余韵，曾以一曲《郁轮袍》赢得玉真公主青睐，也为他后续状元及第做了铺垫。关于他在音乐上的造诣，还有一个有意思的小故事可以佐证。《唐才子传》记载，王维曾经看见南唐画家周文矩的《按乐图》，仅凭画中乐师的演奏姿态便断定，他正在演奏的是《霓裳羽衣曲》第三叠第一拍，遂请来乐师演奏，果然与王维所说分毫不差。

王维九岁时父亲王处廉病故，作为家中的长子，王维也从那一刻起背负起了家族复兴的重任。王家有至少六个孩子，王母变卖家产，带着孩子们回到了蒲州（今山西永济）。蒲州在华山以东，因此王维在《九月九日忆山东兄弟》中说的"遥知兄弟登高处，遍插茱萸少一人"，就是指故乡的弟弟们。

家中没有男主人，仅靠母亲家族的救济和变卖家产剩下的碎银，王家的生活渐渐捉襟见肘，难以为继。束发之年，长子王维只身前往长安游学，旨在子承父志、光耀门楣。蒲州至长安会经过秦始皇陵，一首《过始皇墓》也成为了少年王维的发轫之作。

长安居，大不易，王维在长安游学一住就是六年，这其中悲喜辛酸一定常出现在生活里，却尽数缄默于诗文中。这期间他的诗都似《少年行》一般昂扬，字字句句皆是少年意气。

新丰美酒斗十千，咸阳游侠多少年。
相逢意气为君饮，系马高楼垂柳边。（《少年行·其

一》节选）

少年壮志，从不肯言愁。他唯一流露出的柔软和思乡之情，就藏在《九月九日忆山东兄弟》这首诗中。

> 独在异乡为异客，每逢佳节倍思亲。
> 遥知兄弟登高处，遍插茱萸少一人。

诗句言辞浅白，却在千百年间抚慰过无数漂泊的游子。

公元 719 年，王维赴京兆府参加府试，以一首《赋得清如玉壶冰》拔得头筹，登第举人，接下来等待他的是吏部春试。唐代科举"行卷"盛行。什么是"行卷"？当时的科考并不匿名，参加考试的士子可以在考前把较为得意的作品呈送给德高望重的权贵士族，求得推荐，而后真正考试时主试官会参考"行卷"综合判断考生的水准，因此行卷颇为重要。

王维在长安的几年，凭借自己的才华深受权贵推崇，尤其颇得岐王喜爱，没事就要拉他来演奏、对诗、唱和。岐王就是杜甫笔下"岐王宅里寻常见，崔九堂前几度闻"的那个岐王，他是唐玄宗的弟弟，爱好诗书管弦，家中时常有最顶级的艺术人才欢聚一堂。

是时，王维去找岐王请教"行卷"的策略。一天傍晚，岐王让王维带上琵琶，换上华服，随他一同出席玉真公主的宴会。妙年洁白如王维，一曲《郁轮袍》激昂顿挫又婉转曼妙，满座为之动容，玉真公主更是惊喜，追问王维可懂些诗文。有备而来的王维拿出准备好的诗卷呈上，《九月九日忆山东兄弟》《洛阳女儿行》《少年行》……玉真公主惊叹不已，说自己很喜欢这些诗句，本以为是古人所做，没想到竟出自如此意气风发的少年，遂全力举荐王维。

公元 721 年，王维凭借着出众的才学，加上玉真公主的大力提携，辛酉科状元及第，时年二十一岁。

时来天地皆同力，运去英雄不自由。值得一提的是，三十岁的李白也曾带着"行卷"在终南山等着见玉真公主一面，可等了一个多月也没见到她。而诗人孟郊写《登科后》时已经四十六岁，第三次应试才得以高中进士。

　　昔日龌龊不足夸，今朝放荡思无涯。
　　春风得意马蹄疾，一日看尽长安花。

由此可见，王维是如此少年得志。这年春天，玄宗在曲江举办游宴，庆祝新科进士登第。王维鲜衣怒马走在队伍的最前方，翩翩一骑状元郎。在唐代，进士及第后是不会马上加官晋爵的，而是要"守选三年"才可入职，而在曲江游宴后，玄宗为王维首开先河，任命其为太乐丞，从八品下。

同年，王维迎娶崔氏，这也是继他的父母之后，望族联姻的又一段佳话。

这一年确是王维生命中闪光的一年，长安六载终未辜负少年。

中年隐居，辋川烟雨

命运常常被人提起，大概在于它的神秘莫测。没人知道得意之后是否会失意，失意之后，命运又会将什么境遇藏于岁月昏暗的角落。

状元及第、洞房花烛、跻身朝堂，命运抛给王维甜蜜的笑脸后，猝不及防地转过身去。太乐丞任上没几天，他便因为手下伶人在宫中舞了黄狮子惹得龙颜大怒，被贬为济州司仓参军，后又卷入新旧党争。接下来一路的宦海浮沉令他深感无力，再也写不出"孰知不向边庭苦，纵死犹闻侠骨香"这样热烈磅礴的句子。也是从那时起，他开始了亦仕亦隐的漂泊生涯。

自玄宗大赦天下后，王维回到长安度过了一段平静的日子。家人的支持是暗淡生活里的光芒，更何况妻子崔氏知书达理、善解人意，始终与王维相知相伴、琴瑟和鸣。

时光蹉跎至公元 731 年，王维已至而立之年。这一年命运带走了他内心坚实的寄托与依靠：崔氏病逝，他在同一年丧妻丧子。

公元 731 年，在王维的诗文中回音寥寥，他把撕心裂肺的痛苦悉数咽下，没有留下一字一句的缅怀，但自此终生未再娶。长情的人，静水流深，最深厚细腻的情感波动，未必能宣之于口，但一定深藏心底。此后的三十年，每一缕吹过他的清风，和山间散落的月色，都是曾经最亲密的那个人在窃窃低语，说着只有他们彼此能听懂的秘辛。

公元 737 年，河西节度使大胜吐蕃，王维奉命出塞，赴凉州慰问守边将士，这段经历给他的诗歌国度增添了一丝豪迈。古凉州，也就是今天的甘肃武威，曾是丝绸之路上的重镇，拥有完全不同于中原的大漠风光，风沙漫天，危机四伏。

我在一次拍摄中切身感受过大漠的高远，当天我们开车从敦煌市区前往玉门关，一路几乎未见人烟，手机信号微弱，目之所及没有任何建筑，只有大漠和吹不尽的沙。深入沙漠腹地，人被吹得睁不开眼，空气中弥漫着寂静，只有几万里的长风，隐约吹来千百年前战鼓的声声回响。连绵起伏的沙丘形态各异，站在这里，人会感叹宇宙的偶然性。每阵风都可能会把沙子吹向不同方向，不早不晚，不偏不倚，偌大的物理空间内形成这一秒你看到的模样，在下一秒又会四下飘散，再找寄托。人生蜉蝣一世，大概也不必执念太多。

王维这一程写了不少诗，流传最广的还是那首《使至塞上》，描写边塞浩瀚的诗无出其右：

单车欲问边，属国过居延。

征蓬出汉塞，归雁入胡天。

大漠孤烟直，长河落日圆。

萧关逢候骑，都护在燕然。

公元 744 年，这盛世已是大唐王朝的伪装。唐玄宗沉溺于安逸，歌舞升平，早已失去了最初励精图治的斗志，他任命平卢节度使安禄山兼任范阳节度使，朝中事务大都交给弄臣李林甫。贤相张九龄已于几年前离世，也是在这一年，李白被"赐金放还"，离开了他曾踌躇满志的长安，朝廷上下处处透露着风雨来临前的宁静。而文人墨客的精神原乡，与陶渊明的桃花源同等重要的烟雨辋川，在这一年等到了新一任的主人——王维。

辋川位于秦岭北麓东南，距蓝田镇十五公里左右，宋之问曾在这里修建过一座依山傍水的别墅里馆，后荒废多年。隐居终南山的王维一日经过此地，起心动念，便托人买下这座别业。自此，中国文学史上产生了又一座桃花源。他捕捉着生活里的颜色和光彩，将难以言说的感受、气韵克制地缝进诗歌。他在辋川发现了二十处淡妆浓抹总相宜的美好景致，又用二十首五言绝句将它们一一装裱于文字间，《辋川集》便就此诞生。

《辋川集》序言说："余别业在辋川山谷，其游止有孟城坳、华子冈、文杏馆、斤竹岭、鹿柴、木兰柴、茱萸沜、宫槐陌、临湖亭、南垞、欹湖、柳浪、栾家濑、金屑泉、白石滩、北垞、竹里馆、辛夷坞、漆园、椒园等，与裴迪闲暇各赋绝句云尔。"每处景致只看名字也充满澄澈意趣。同时王维还为辋川作画《辋川图》，可惜他的真迹并未流传下来，后世有很多艺术家在此基础上不停创作，还原自己心中的辋川。

蒋勋老师在书里记录过这样一件事：他曾带着学生们，花了三四天的时间，在城市中一处建筑工地的白色围篱上画了辋川二十景，写了二十首诗。尽管没过几天，建筑完工之后这围篱就被拆除，但王维生命中的宁静，会在这些学生、路人以后的岁月中常常浮现。蒋勋老师说："诗在生命中发挥的作用，常常是在某一个时刻变成你的心事。"

我毕业后便租住在东四环外的一处居民楼，小区不新，但充满了烟火气息。楼下常有老人带着孩子散步、晒太阳，买菜回来的邻居见了面都会热络地打个招呼，这样的场景总会让我莫名心安。我在这间小屋里度过了七个春夏秋冬，它也悉数收纳着我的得意忘形、纠结反复、踌躇满志、低落叹息。有一天我听到赵雷的《小屋》，很是惊喜，就像歌中唱的那样，那个容纳你生活起居的物理空间，最像个安静沉默的老朋友，不需要任何防备，用他宽阔的肩膀接住你的千头万绪。

"我的小屋，不贵的房租，柜子上面摆着很多电影和书。我的小屋在星星下面，在城市的楼群之间……我的小屋，我可以光着屁股，让你看到我的肌肉和肋骨。我的小屋，不用和他们一样，累的时候我不用去故作笑容。我的小屋，黑夜里的眼睛望着我的全部。我的小屋，已经上了岁数，门上的油漆已经看不清楚。小屋你可感到我来去的脚步，在你心脏里我躲不去孤独。只有你小屋，我觉得舒服。只有你小屋，你装满了宽恕。"每个人都会有一处自己的辋川别业。

关于《辋川集》，我觉得一定要拿出来分享的诗歌有两首，一是开篇之作《孟城坳》，二是写透无人之境的《辛夷坞》。

先说《孟城坳》：

> 新家孟城口，古木余衰柳。
>
> 来者复为谁？空悲昔人有。

这首小小的诗，字面意思很好懂：我把家搬到了新的地方——孟城口，时光只留下了古木衰柳。唉，不知道以后又会是谁站在这里呢？何必为曾经拥有过它的人心生悲凉。

刚刚说到过，这座别业曾为宋之问所拥有。宋之问是曾经红极一时的诗人、学士，他在人生的鼎盛之时有这样一个小故事。一次他随武则天同游洛阳龙门，武则天让群臣写诗作赋，东方虬先作诗一首，武则天读完连声称赞，还把宫锦袍赐给了他。接下来宋之问奉上一首《龙门应制》，武则天又惊又喜，顿觉此诗更妙，举世无双，竟然把刚刚赐给东方虬的宫锦袍夺回来，重新送给了宋之问。此谓"龙门夺袍"，何等显赫。

后来宋之问献媚于武则天的宠臣，为后世所不齿，又倾附于安乐公主，被太平公主忌恨，中宗将其贬谪流放。公元712年，宋之问遭唐玄宗赐死于他乡，未得善终。

人生恩宠和惨淡都如此无常，真是"空悲昔人有"！因此这首诗的背后，也是王维生命中的颠簸寥落。面对此情此景，王维只轻轻感叹一句：这世事流转的寂寞山河啊！这是王维的优雅与克制。

接下来是《辋川集》中我很喜欢的一首小诗《辛夷坞》：

> 木末芙蓉花，山中发红萼。
>
> 涧户寂无人，纷纷开且落。

这藏在深山里的芙蓉花，才拥有世间最自由的灵魂吧。独自生根发芽，顺从天意，即使无人欣赏，也在这寂静的山中完成生命最华美的开落。

这首诗为我们呈现了一种无人之境。如果这世界空无一人，当下的你我又会作怎样的表达呢？还会拼命自我证明吗？还会那么在乎荣辱吗？会比现在更得体克制吗？人性的善与恶、欲望与理想，在抽离出社会规则的凝视后，才会看到更真实的面貌。

中年王维，世事淡泊，与辋川耳鬓厮磨，在清净明澈的山水中感受时光的循环往复，体悟万物流转中的生生不息。山里的春天是"人闲桂花落，夜静春山空"，夏天是"积雨空林烟火迟"，秋天有"明月松间照，清泉石上流"，到了冬天也有野趣"寒山远火，明灭林外。深巷寒犬，吠声如豹"。

《终南别业》是对他这一时期生活的最好概述：

> 中岁颇好道，晚家南山陲。
>
> 兴来每独往，胜事空自知。
>
> 行到水穷处，坐看云起时。
>
> 偶然值林叟，谈笑无还期。

兴之所至，我就自己出去溜达溜达，有欢愉之事便自得其乐。焦虑的时候就读王维，行到水穷处，坐看云起时。别怕难关，路走无可走、难避无可避之时，也正是另一段生命体验的开始。

一生几许伤心事，不向空门何处销

四十岁到六十岁，是王维人生的最后二十年。如果说中年的王维是火光慢慢熄灭，到了晚年的他则是若火炭置于冰水，一片寂灭，无物，无我。

公元 750 年，王维的母亲去世。仕途的跌宕起伏纵使令人不堪其扰，尚能躲之避之，而至亲的离开，则在他的心中下了一场令其血肉模糊的倾盆大雨。王维九岁丧父，后一直由母亲抚养长大，等打理完毕辋川山居，他更是不时把母亲接来同住，母子之间的深厚感情无以言说。丁忧三年，王维尽卸官职闭门守孝，整日枯坐，万念俱灰。他写《秋夜独坐》，感叹人类对于生老病死的无可奈何："独坐悲双鬓，空堂欲二更。雨中山果落，灯下草虫鸣。白发终难变，黄金不可成。欲知除老病，唯有学无生。"母亲的教诲伴随着禅理，永驻心间，大概这就是物质不灭，生生不息的另一种表现吧。

公元 755 年冬，满楼西风终于吹落成一场山雨，战鼓声声惊破了唐玄宗的《霓裳羽衣曲》，安禄山起兵谋反，安史之乱正式爆发。三年前，丁忧期满的王维已回朝任职，于盛世声名显赫如他，还没来得及收拾好家当和书卷，就已被安禄山捉回营地软禁起来，他想利用王维的才学和影响力为自己立一面旗帜。公元 756 年正月，安禄山在洛阳称大燕皇帝，王维"服药取痢，伪称痎病"，但这招不是长久之计，安禄山即刻派人为他医治，而后一纸诏书将其携至洛阳任伪官。王维的内心无比痛苦，一边是破碎的故国，一边是沦为俘虏身不由己。伪官，不就是叛徒吗？即使有日得以逃出生天，也是重罪。王维叹了口气，轻声吟诵一首《凝碧池》，在好友裴迪冒死来看他的时候，偷偷口述给他：

> 万户伤心生野烟，百官何日再朝天。
> 秋槐叶落深宫里，凝碧池头奏管弦。

也正是这首诗，成为了王维日后得以获免死罪，甚至免于流放的重要证据。公元 756 年，唐肃宗于灵武即位，收复洛阳。王维等一众伪官被押解回朝等待发落，他们中有人被斩首，有人赐自尽，被流放贬官的更是数不胜数。而王维在此次历劫中仅被降职一级，由正五品上降至正五品下。除了那首裴迪冒死带出的《凝碧池》，王维的弟弟王缙自愿削减官职为哥哥赎罪，也是王维被从轻发落的重要原因。当时王缙任三品大员，在此之后遂被贬职京外。时人对王维其实没有太多嗔怪，但他本人的内心无时无刻不被痛苦与内疚折磨着。他写了一篇又一篇的书信回望、忏悔，痛心疾首，字句令人不忍卒读。

> 臣实惊狂，自恨驽怯，脱身虽则无计，自刃有何不可！……臣欲杀身灭愧，刎首谢恩，生无益于一毛，死何异于腐鼠？（《为薛使君谢婺州刺史表》节选）

> 维虽老贱，沉迹无状，岂不知有忠义之士乎？……然不敢自列于下执事者，以为贱贵有伦，等威有序，以闲人

持不急之务，朝夕倚门窥户，抑亦侍郎之所恶也。（《与工部李侍郎书》节选）

公元 760 年夏天，王维被升迁为正四品下的尚书右丞。尚书右丞是王维一生中最为显赫的官职，所以后人称其为"王右丞"。然而，仕途再顺利，都无法消退其内心的悲恨与惭愧。晚年他几度悲叹"宿昔朱颜成暮齿，须臾白发变垂髫。一生几许伤心事，不向空门何处销"，这几多伤心往事，越是上了年纪，越是历历在目。

这之后，纵使仕途顺遂，他却早已无意官场荣辱，常独自枯坐，诵禅焚香，渴望能再次回到儿时那日，他听着母亲诵念禅理，有熹微的阳光散落在肩上，内心安稳，毫无挂碍。

十五岁，踌躇满志，名扬长安；十七岁作诗名动天下；二十一岁，成为备受瞩目的状元郎，官至太乐丞；三十岁时运急转直下，丧妻丧子，后孤居三十载；四十九岁丁忧母丧，一切照寂成空；就在他以为已全然看透世事，物我两忘之时，又陷入贼营，被迫出任伪官，晚节难保，连累亲眷，内心不断自我攻击。一切烟消云散之时，他的心就像金戈铁马刚刚踏过的废墟战场，墟烟尚存一息，四下一片空寂。

公元 761 年，他上书朝廷《责躬荐弟表》，请求免去自己的官职，换取弟弟王缙回京。时年七月，王维病逝于辋川，年六十一。

松风吹解带，山月照弹琴。
君问穷通理，渔歌入浦深。（《酬张少府》节选）

如果诸君问起这世间穷通的道理，不妨去河水深处，听听渔人晚归唱的歌吧。松风拂面，世事欲辨已忘言。这是王维的答案。

故人具鸡黍，邀我至田家。

绿树村边合，青山郭外斜。

开轩面场圃，把酒话桑麻。

待到重阳日，还来就菊花。

孟浩然

如有来生，依然这么活

生逢盛唐，多有际遇。诗人们浪漫潇洒，对功名的追求亦是坦坦荡荡，但孟浩然却是其中少有的布衣诗人。他终身未仕，一生洒脱快活，游戏山水，行乐天地。某种程度上，他活成了那个时代诗人们的一种典范。李白为他写诗："吾爱孟夫子，风流天下闻。"杜甫说他："清诗句句尽堪传。"王维亲自为他画像，七绝圣手王昌龄更是和他酒逢知己千杯少。他把热情都倾注在自己最喜欢的事情上，喜欢他的人自然会向他靠近。我有的时候想，未必人人都要功成名就，找到自己的所爱所求，快乐其中，已是莫大的幸福。

春晓自然

公元711年，这是开元盛世开启的前一年。李隆基联合太平公主平定韦后之乱，刚坐上太子宝座，转身太平公主便欲改立太子，独断专权。三十八岁的张九龄多年不被重用，正打算回乡时，却收到了李隆基抛出的橄榄枝，他觉得可以再试一次，于是风云再起。此时，王昌龄十三岁，李白、王维十岁，而这是孟浩然人生的第二十二个年头。他背着包袱行囊，步履不停，走进襄阳的鹿门山中，就此隐居避世苦读。多年后，他卧居病榻，仍会经常回想起，那时无数个遥远古老的清晨黄昏。

孟浩然是湖北襄阳人，家里有些产业，虽不算富贵大族，但也能自给自足，衣食无忧。他从小饱读诗书，平时还喜欢和弟弟练剑。十几岁的时候，他游学鹿门山，被山中自然风光吸引。于是，在二十二岁那年，他隐居于此。

鹿门山名字的由来有个传说，跟汉武帝有关。根据《襄阳县志》记载："汉建武中，帝与习郁（巡游苏岭山）俱梦见苏岭山神（两只梅花鹿），命郁立祠于山，上刻二石鹿夹道口，百姓谓之鹿门庙，遂以庙名山。"后来，庞德公数次不受刘表宴请，携其妻栖隐鹿门。所以鹿门山自古就是名人隐士修身之地。当然，年纪轻轻的孟浩然隐居山中，不是真的断绝红尘，一心修行，而是专心苦读，等待有朝一日出山，求取功名。

孟浩然的很多名篇都是在隐居期间所写。比如《春晓》：

春眠不觉晓，处处闻啼鸟。

夜来风雨声，花落知多少。

这首诗清丽明快，是绝句里的佳篇。我记得小时候和父亲出去晨练，爬山而行，在路上他便会教我背唐诗，我最初学的一篇就是这首《春晓》。那时晨光熹微，山中少有人行，前夜下过细雨，小路有些泥泞，偶有山雀飞过。我和父亲，一大一小，一高一低，行走其间。他说一句，我跟一句。等爬到山顶，这首诗也几乎背了下来。现在想来，仍然觉得，那是极其丰满富足的回忆。

孟浩然在山中，生活自然不比在家，居住环境简陋，但好在他为人热情坦荡，也交到不少乡野间的朋友。比如这首《过故人庄》：

故人具鸡黍，邀我至田家。

绿树村边合，青山郭外斜。

开轩面场圃，把酒话桑麻。

待到重阳日，还来就菊花。

我以前一度以为这首诗是孟浩然晚年所写，之后看书才发现，原来二十多岁的他就能够领悟到乡野之乐。这是孟浩然的天赋，也是天性。对于旁人而言，在豪气凌云的年纪，要冲、要闯、要大步流星，唯独不会想到要安定下来。

其实和他一同进入鹿门山的还有他的好友张子容，这是孟浩然的生死之交。两人年龄相仿，又是同乡，兴趣相投。后来张子容出山参加科举，孟浩然亲自送他下山，还写了首诗相送：

夕曛山照灭，送客出柴门。

惆怅野中别，殷勤岐路言。

茂林予偃息，乔木尔飞翻。

无使谷风诮，须令友道存。（《送张子容进士赴举》）

而这一别就是二十年。二十年后，两人再见，新的故事又开始延伸。每次想到这里，我都觉得，他们之间的关系好像我们曾经的发小。住在同一个片区，上着同一所小学、中学，直到考上大学，我们各自奔赴新的人生，从此鲜有交集。但每次回家，第一个想到的就是对方。不用客套，也不用讲究，推杯换盏间，话头便源源不断。

出入之间

在孟浩然二十五岁到三十五岁的这十年间，他出山遍游天下，结交南北两路，同时也不忘干谒名流，寻求机会。他先后拜访了当时的荆州长史、未来的开元名相张说，襄州刺史韩思复，得贾昪、卢馔等忘形之交。

我们很熟悉的那首诗《望洞庭湖赠张丞相》：

八月湖水平，涵虚混太清。
气蒸云梦泽，波撼岳阳城。
欲济无舟楫，端居耻圣明。
坐观垂钓者，徒有羡鱼情。

这是很明显的干谒诗。关于张丞相，有两种说法，有人认为是张说，也有人认为是张九龄。孟浩然一生也确实拜谒过这两个人，甚至还曾寄身张九龄幕下。其实不管是谁都在说明，在那个时代，隐士如孟浩然也免不了功名之心。"气蒸云梦泽，波撼岳阳城"，这写的不仅是洞庭湖，更是当时的大唐盛世。用如此笔锋写盛景，目的在于后面。他说他想要渡湖融入这盛景之中，却苦于没有船渡他。所以，"坐观垂钓者，徒有羡鱼情"，这么美的景致，他却只是一个旁观者，实在是令人可惜。这样的诗，盛气磅礴，谁看了都知道这是好诗，但作为一首干谒诗，又显得不合格。别人献诗都是一个劲儿夸对方，而孟浩然则极尽委婉。渴望被引荐重用的用意非常直接，但又丝毫没有卑躬屈膝，这是盛唐人的风骨和气度。我们曾说过的李白的拜谒诗《上李邕》也是如此，甚至更狂。

说到李白，他是公认的孟浩然的"迷弟"。他俩的相识要追溯到公元726年，那时李白才二十五岁。前一年，他正式踏上了辞亲远游的旅程，离开四川，沿着长江一路东去，刚到扬州便生了一场病。异地他乡，李白非常渴望朋友。就是在这个时候，他遇到了碰巧来扬州游玩的三十七岁的孟浩然，两人一见如故。孟浩然是湖北襄阳人，李白后来定居湖北安陆十几年，也是襄阳一带，这就是"追星"的力量。孟浩然要去广陵，他便写："故人西辞黄鹤楼，烟花三月下扬州。"几年后他们重逢，李白又写："吾爱孟夫子，风流天下闻。红颜弃轩冕，白首卧松云。醉月频中圣，迷花不事君。高山安可仰，徒此揖清芬。"李白这辈子都没这么夸过别人。

　　公元727年，年近四十岁的孟浩然进京赶考却名落孙山。困居长安之时，他遍交诗坛群彦，先后结识了王昌龄、王维。在太学之中，他更是以"微云淡河汉，疏雨滴梧桐"之句名震京城。自此，白天他与王昌龄相伴醉酒，晚上他又与王维携手听曲。

　　关于王维和孟浩然，《新唐书》中还记载了一则逸事："维私邀入内署，俄而玄宗至，浩然匿床下，维以实对……诏浩然出。帝问其诗，浩然再拜，自诵所为，至'不才明主弃'之句，帝曰：'卿不求仕，而朕未尝弃卿，奈何诬我？'因放还。"这件事，一是说明王维与孟浩然关系匪浅；二是证明孟浩然再一次错失了上升的机会。

　　在长安待了两三年一事无成，于是孟浩然心灰意懒，辞京返程。东去洛阳，南下吴越，他又开始了游山玩水模式。可能是因为确实在长安受挫了，也可能是因为年纪大了，他的那种对功名的渴望也逐渐退却。连李白都写诗称赞"生不用封万户侯，但愿一识韩荆州"的韩朝宗有意邀他一聚，结果他却觉得是无用功，索性放了人家鸽子，跑去吃肉喝酒。

静美时他写：

落景余清辉，轻桡弄溪渚。

泓澄爱水物，临泛何容与。

白首垂钓翁，新妆浣纱女。

相看似相识，脉脉不得语。（《耶溪泛舟》）

徘徊时则有：

夕阳度西岭，群壑倏已暝。

松月生夜凉，风泉满清听。

樵人归欲尽，烟鸟栖初定。

之子期宿来，孤琴候萝径。（《宿业师山房期丁大
不至》）

孤寂时又有：

山暝闻猿愁，沧江急夜流。

风鸣两岸叶，月照一孤舟。

建德非吾土，维扬忆旧游。

还将两行泪，遥寄海西头。（《宿桐庐江寄广陵旧游》）

后来，他干脆跑去找自己的童年玩伴、莫逆之交张子容。当
年张子容出山参加科举后成为了江苏某地的县尉，后来又被贬去了
温州，这些年过得并不如意，而此时的孟浩然也是灰头土脸离开长

安。虽然逢人说对仕途无意，但他心里知道那也只是自我安慰的说辞。阔别多年再见张子容，两人如今已不再是少年，眼神一对上，便知道彼此这些年的不易。于是孟浩然写下了这首《永嘉上浦馆逢张八子容》：

> 逆旅相逢处，江村日暮时。
> 众山遥对酒，孤屿共题诗。
> 廨宇邻蛟室，人烟接岛夷。
> 乡园万余里，失路一相悲。

人越是脆弱的时候，越是想要回到极为熟悉的过去，回到一切烦恼还没有开始的时候。他们是襄阳人，如今在温州重聚。白头衰翁，江边对饮。恍惚间，鹿门山花繁鸟鸣，少年们读书说笑，呐喊着盛世功名，不觉白云苍狗，等回过神来，才发现那已经是几十年前的故事了。这一年，他在温州和张子容一起过了新年。除夕夜当晚，张府是从未有过的热闹，到处张灯结彩，甚至请来了卢氏歌女演唱古曲。花烛高烧，酒斟柏叶，亲友欢坐。那是久违的快乐，是从前奢盼的盛世图景的另一种侧面。也许这样也不错，他想。

公元 738 年，他身患背疽，肿胀难行，避居于家，这时他已年近五十岁。这一病，他的步履便停下了，他平生所遇的众多好友纷至沓来，一时门庭若市。回过头来看，这也是他人生最后的欢愉。

公元 740 年，由岭南北上的王昌龄途经襄阳，顺便来看望孟浩然。两人彻夜酒肉欢歌，无话不谈，无情不诉，仿佛一切如昨。年华未老，山水依旧，他们仍然是那座长安城里最自由放浪的才子诗人。在王昌龄走后没多久，孟浩然便旧疾复发病逝。

他这一生要酒，要肉，要山，要水，要人间烟火，要天上明月。跋涉万里路，漂泊四海洲，穷尽一生逍遥游，但求问心无愧。如有来生，若至奈何，鬼神询问，也依然这么活。

安得广厦千万间，
大庇天下寒士俱欢颜，
风雨不动安如山。

杜甫

落花时节又逢君

我读过的第一首"杜诗"是《江畔独步寻花（其五）》："黄四娘家花满蹊，千朵万朵压枝低。流连戏蝶时时舞，自在娇莺恰恰啼。"父亲选择教我这一首诗，也许是因为我当时还没上小学，这首诗亲切自然，节奏轻快，适合儿童。也许是父亲觉得讲别的我也听不懂，懒得与我多费口舌。这首诗生机勃勃，一派田园牧歌景象，透着诗圣作品中较为少见的轻快。

　　要说诗句，我用情甚滥，喜欢忧郁王子李煜的细腻多情："胭脂泪，相留醉，几时重？自是人生长恨水长东。"喜欢豪放派代表苏轼的智慧通达："休对故人思故国，且将新火试新茶。诗酒趁年华。"还有李贺的诡谲："石脉水流泉滴沙，鬼灯如漆点松花。"更不用说那个年代的"网红"诗人王维："明月松间照，清泉石上流。"光是读出来就觉得清新可爱，好像空气都洁净了。

　　然而要说诗人，纵观中外文学史，带给我如此震撼生命的感受的，只有杜甫。

　　三十岁的某一天，读到《江南逢李龟年》：

　　　　岐王宅里寻常见，崔九堂前几度闻。
　　　　正是江南好风景，落花时节又逢君。

　　这首诗很美，江南、落花、故知，而当看完杜甫一生的经历之后，才明白这寥寥数语间的百转千回。平静的字字句句，却让我的眼泪流了下来，好像内心有一万面战鼓，声如雷动。要有多勇敢和坚定，才能义无反顾地扑向生命中一场又一场大火。

这首诗写于杜甫生命的最后一年。初见李龟年，他是无限风光的"乐坛天王"，杜甫只有十几岁，少年裘马颇清狂。四十多年过去，李龟年流落潭州，杜甫也变成"疏布缠枯骨"的白发衰翁，知交重逢，江南美景依旧，只是时值落花。

这四十多年，杜甫看遍人间疾苦，现实跟他理想中的世界相去甚远，他就用血肉凡身孤独地与之对抗。赋到沧桑句始工，命途多舛的诗人不少见。面对人生的百般刁难，李白不屑，索性寄情山水寻仙问道；东坡选择放下，以佳肴自嘲疏解；陶渊明复得返自然；白居易乐天知命寄余生；只有杜甫，与现实、与丑陋、与无力狭路相逢，即使头破血流也依旧不避不让。要知道，他的仕途一生不畅，颠沛流离的几年间，他的孩子在战火和饥荒中饿死。晚景更是凄凉，甚至陆地上都没有他的容身之所，大部分时间只能与家人蜷缩在一条小舟之上。"乾坤万里内，莫见容身畔。妻孥复随我，回首共悲叹。"最终他病死在归乡的那条船上，死后四十三年，尸骨才得以安葬。

即便如此，他病卧于小船上的那些日子，对故国依旧念念不忘，最后留下的诗文，也是在回望他穷尽毕生所注视的家国天下。

后世评价杜诗多如此：平时读之，未见其工，待亲历兵火丧乱，然后知其语之妙也。

当你我风尘仆仆地大步走过世间，经历求之不得、事与愿违、理想陨落，才能意会分毫杜甫的伟大。

少年裘马颇清狂

杜甫公元 712 年出生于河南巩义，他所在的家族"列以公侯伯子男"，属官吏世家。远祖杜预、祖父杜审言都是杜甫的偶像：前者骁勇善战，民间流传其"以计代战一当万"的美名；后者诗文名动天下，位列文章四友，据说王勃《送杜少府之任蜀州》中的"杜少府"就是杜审言，杜甫更是无比荣耀地写过"吾祖诗冠古"。大概正因如此，杜甫之后的人生始终对仕途和国家权力系统抱有期待。

杜甫早慧，"七龄思即壮，开口咏凤凰"。十三四岁时，他的文学天赋就打动了当时如日中天的一众文人，"李邕求识面，王翰愿卜邻"。要知道李邕可是那个曾经赶走了上门求见的李白，孤傲不可一世的太守"李北海"。杜甫年少亦轻狂："性豪业嗜酒，嫉恶怀刚肠。饮酣视八极，俗物皆茫茫。放荡齐赵间，裘马颇清狂。"是不是还有点李白的味道呢？

杜甫的青年时期大半时间于吴越、齐赵之地漫游，观古博今，游览名胜，也照鉴自我，他诗集中较早的《望岳》就作于这个时期：

> 岱宗夫如何？齐鲁青未了。
> 造化钟神秀，阴阳割昏晓。
> 荡胸生层云，决眦入归鸟。
> 会当凌绝顶，一览众山小。

无论是杜甫诗集还是我们常见的杜甫传记，关于他青壮年的描述都不多，这想必与历史背景息息相关。杜甫三十五岁之前的世道尚属盛唐，国泰民安、歌舞升平，这样的年代无法激发这位历史上最伟大的诗人人性中至明至亮的光彩。

公元 746 年，三十五岁的杜甫来到长安，自此睁开了他那双注视苦难的眼睛。

杜甫的父亲杜闲曾任兖州司马，给杜甫的漫游提供了不少经济支持。父亲去世以后，家庭收入锐减，加之守丧的巨额支出，使得杜甫变得拮据起来，开始需要更多地考虑现实生活。他打算在长安谋求一份官职，于是再次参加了进士考试。这一年，唐玄宗纵情声色，沉迷在深宫伪装的盛世之下，命权臣李林甫主持考试。李林甫嫉贤妒能，怕能力在他之上的人进入朝廷，对他构成威胁，于是假模假样地在各个地方招揽贤才，再集结到长安优中选优，然而最终无一人及第，又跑去恭喜玄宗"野无遗贤"："还是皇上英明！如今贤能者都聚集在您周围啦，民间并无遗留的牛人！"

这件事对杜甫的打击颇大，他在长安住了两年，官职尚未得到，却看到了太多黑暗腐败。官员们要么贪婪无度，要么庸碌无为，一层一层加收赋税中饱私囊，黎民众生苦不堪言，这伪装的盛世可谓不堪一击。

公元 748 年（亦有说 749 年），杜甫作《奉赠韦左丞丈二十二韵》，他是如此困顿而迷惘，想要"致君尧舜上，再使风俗淳"，可"青冥却垂翅，蹭蹬无纵鳞"。如果说此时他的双眼还曾有分毫注视自我，接下来的漫长岁月中，他只一次又一次悲悯地凝视破碎的山河和这片土地上羸弱悲苦的人民。

赋到沧桑句始工

公元 751 年，是边疆战事频发的一年。征南诏，伐契丹，将领们为了彰显功绩不断发动战争却又不断失败，失败了就去民间征兵以求再战。咸阳桥是当时由长安通往西域边疆的要道，几乎所有征兵都要从那里通过，于是杜甫见证了这样的场景：

> 车辚辚，马萧萧，行人弓箭各在腰。
>
> 耶娘妻子走相送，尘埃不见咸阳桥。
>
> 牵衣顿足拦道哭，哭声直上干云霄。
>
> ……
>
> 君不见，青海头，古来白骨无人收。
>
> 新鬼烦冤旧鬼哭，天阴雨湿声啾啾。（《兵车行》节选）

与之相对的是皇家亭台苑榭的歌舞升平，唐玄宗带着杨贵妃纵情喜乐，好不奢靡，杜甫作《丽人行》讽之。文有嫉贤妒能、贪污腐败的坏大臣，武有穷兵黩武、有勇无谋的傻将军，也不知道这国家还能撑多久。

长安十年，杜甫不断求仕又不断失败，他步履匆匆踏过曲江的亭台楼阁，也经过咸阳桥纷飞的尘土。官吏们骄奢淫逸，好大喜功，百姓们在乌云压顶的青天之下艰难过活。

终于在公元 755 年，可能是因为朝廷上下贤能皆失落而归，也可能是因为杜甫这些年不断献诗作赋，他终于获得了一个小小的官职：右卫率府胄曹参军，官阶从八品下。说得好听是官职，说得难听就是武器库看大门的仓库管事。这与曾自比"稷与契"（尧舜禹时期两位著名的大臣）的理想相去甚远，但杜甫也接受了这个任命。上任之前，他决定先回家去看看妻儿。

这一路上，他几次自嘲："真是越活越蠢啊，竟然曾经还自命不凡。巴结权贵这种事，想想就觉得丢人，但也因此耽误了自己的营生。这些年四处碰壁，到了白发满头的年纪还在荒唐地四处奔忙。"

而他走过的土地已满是疮痍。达官显贵锦衣玉食，但他们知道这些华贵的布料都是麻衣布鞋的贫寒女子织出来的吗？这些女孩一辈子也穿不起自己亲手织成的衣服啊，而她们的丈夫还要被鞭打，要么被征为役人，要么来京城奴役。尔俸尔禄，民膏民脂！

眼看终于要到家了，然而大老远杜甫就听见家人的哀号，匆匆进门去看，他最小的孩子就在这几天被活活饿死了。杜甫颤抖着双手，默默低下了头，此刻，他觉得自己不配做一个父亲。为什么呢？明明是个丰收年，秋收刚过，为什么穷人依然会饿死啊？蒙眬的泪眼间，全天下吃不饱饭的孩子都是他的孩子，无所依靠的老人都是他的老人。此刻他想：我尚且还是个小小的芝麻官，又是官宦世家，不用缴税，不用服役。我家尚且如此，在我之下的平民百姓呢？来人间走一遭，还要经历怎样的飘摇破碎？

一首《自京赴奉先县咏怀五百字》从笔下喷涌而出，定格了这段历史。

杜陵有布衣，老大意转拙。

许身一何愚，窃比稷与契。

居然成濩落，白首甘契阔。

……

彤庭所分帛，本自寒女出。

鞭挞其夫家，聚敛贡城阙。

……

朱门酒肉臭，路有冻死骨。

荣枯咫尺异，惆怅难再述。

……

入门闻号啕，幼子饥已卒。

吾宁舍一哀，里巷亦呜咽。

所愧为人父，无食致夭折。

岂知秋禾登，贫窭有仓卒。

生常免租税，名不隶征伐。

抚迹犹酸辛，平人固骚屑。

默思失业徒，因念远戍卒。

忧端齐终南，澒洞不可掇。

何谓"诗史"？他当天的感慨，成为了千百年间后世回望的坐标。那个年代的历史是脆弱的，没有相机、录音笔，往往无从说起。那个年代的历史又是难以磨灭的，总有人以血泪作笔墨，一字一句镌刻于时光之上，流传至此，生生不息。

爱人如己

成为历史的忠实记录者需要爱人如己，以身躯镌刻历史，忍耐疼痛沮丧，用这双眼长久地注视人间。

他的爱人如己，大概在尚且年幼时就埋下了种子。杜甫的母亲早逝，他长期被寄养在洛阳姑姑家，姑姑亦有一子，杜甫自述"少时多病"。有一回，他和姑姑的儿子都染上重病，请了算命的女巫来看病，女巫说："住在屋子东南角的孩子能活下来。"姑姑竟把自己的孩子抱到别处，而让杜甫睡在屋子东南角，最终"我是用存，而姑之子卒"。

此后岁月中，杜甫的很多抉择都一如当年的姑姑，先人后己，博爱无私。这样的品质无论放在哪个年代都是全人类所稀缺的，也正因如此，杜甫配得上伟大和永恒。

公元 755 年冬，杜甫赴任右卫率府胄曹参军不过几日，安史之乱爆发，长安陷落。杜甫开始了他的流亡生涯，大唐自此由盛转衰，唐诗也从滚烫浪漫变得现实而沉郁。他在流离中写了一首又一首悲伤的诗，有"国破山河在，城春草木深"（《春望》）的凄凉，有"何时倚虚幌，双照泪痕干"（《望月》）的思念，有"少陵野老吞声哭，春日潜行曲江曲"（《哀江头》）的悲鸣，有"战哭多新鬼，愁吟独老翁"（《对雪》）的哀愁。

杜甫就这样在四分五裂的大地上不断流亡，于公元 757 年"麻鞋见天子"，官拜左拾遗。这个官职不好当，要侍奉皇帝左右，在其决策失误时提出建议。给皇帝提建议，难度系数可想而知。果不其然，没过几天，我们的大诗人就因为忠实履行左拾遗的职责，为房琯等人仗义执言而令肃宗心生厌弃，希望他能离远点。于是短短几个月杜甫就被放还，他因此作《徒步归行》："青袍朝士最困者，白头拾遗徒步归。"

这次回家的路上，杜甫写出了沉郁顿挫的《北征》，这也在日后成为其代表作之一。得古今之体势，集众家之所长，描写细腻的林林总总，抒发沉郁的爱憎与忧愁。

这年年末，唐肃宗收复长安、洛阳，杜甫也带着一家老小短暂地回到了长安。在长安继续任左拾遗的日子闲散而平静，这段时间他没什么著名的诗句传世，后世偶尔提及，也都认为他的诗歌国度在那几年变得消沉了，但我却格外希望杜甫能在此长留些时日，或许那段时光算得上是他生命里少有的，甚至是仅有的安逸和快乐了。

诗歌的国度需要这样一位英雄，全人类也需要如此高尚的灵魂。后世给他赞美、褒奖，让他的诗作流传千古。但无论如何，杜甫灰白的生命里，再也没见过这几抹温柔鲜活的亮色。

后来他被贬司功参军，看着岁月萧条，每况愈下。他没有钱，没有马，更严重的是接连不断的战争和动荡的局势让普通百姓的生活更加难以为继，这比他自己一无所有更令人难过。杜甫作"三吏""三别"，将目光看向垂垂老矣的衰翁老妪、无以为家的征夫离妇，这些作品是他用自己的双眼定格的最真实的历史，因而散发出慈悲的光芒，在时间尽头、在浩瀚宇宙间被打捞起来，如钻石般隽永。

公元 759 年，杜甫卸下官职，永久离开了他的长安，开始流浪。后来的一段时间，他写了二十首《秦州杂诗》。他还不断地写诗怀念李白以及以往的一帮老朋友，很难说是怀念旧友，还是怀念与他们初见时的自己。这一年他四十八岁。同年年末，杜甫游荡至成都，在城郊浣花溪畔找了块荒地打算住下来。第二年的暮春时节，一座朴素简陋的茅草屋，成为"诗圣"短暂的栖身之所，这茅屋就是现今无数文学爱好者的圣殿——杜甫草堂。

尽管饥寒依旧，但杜甫总算是有家了。住在草堂的小时光，杜甫让目光再低一点，温柔注视着土地、蝼蚁，注视着一切自然。

他看春天夜里的雨，无声滋润着世间万物（《春夜喜雨》）；看田舍间柔嫩的柳枝抽芽，枇杷香甜（《田舍》）；也看着小鸟和小鱼是如何生生不息（《水槛遣心》）。

次年初秋，一场大雨掀翻了茅草屋，那首我们最熟悉的《茅屋为秋风所破歌》因此而生。他的目光是如此悲悯地看着这个世界，他看到怒号的凄风苦雨卷走了他的房顶，他感受到前所未有的衰弱和阴冷，而目光尽头，是正在经受苦难的流离失所的人民。

安得广厦千万间，大庇天下寒士俱欢颜，风雨不动安如山。

呜呼！何时眼前突兀现此屋，吾庐独破受冻死亦足！

（《茅屋为秋风所破歌》节选）

他是多么深沉地给予着最广袤的爱，爱妻子，爱百姓，爱这世间万物。

前几天突然听到一首老歌，蔡琴的《渡口》，离愁别绪涌上心头。

想到这句歌词，"而明日，明日又隔天涯"，我的心里一惊！这不就是杜甫的《赠卫八处士》吗？"明日隔山岳，世事两茫茫。"其诗冠古，后世无出其右。

但在杜甫的时代，根本没有人注意过这个贫穷、衰弱又刚正悲悯的老人，在后来流传下来的所谓当时最精彩的诗作集锦《中兴间气集》《河岳英灵集》里竟没有半首他的诗。

那又怎样呢？在当下不被理解，就是这人世间的常态啊！

落花时节又逢君

在人生的最后三年，杜甫踏上归家的旅程。

公元767年，他在夔州写下："无边落木萧萧下，不尽长江滚滚来。"（《登高》）

公元768年，他思乡心切，路过湖北写下："江汉思归客，乾坤一腐儒。"（《江汉》）冬天，他来到了湖南岳阳，泊船岳阳楼下，于是有了："亲朋无一字，老病有孤舟。"（《登岳阳楼》）

此时的杜甫已是穷途末路，身无一物，无以为家。为了能顺利回到故里，他打算去投奔当时恰好在衡阳做刺史的好友韦之晋。结果去了才发现，韦之晋已改任长沙。他又不得不掉头北上，终于在公元769年夏天来到了长沙，而收到的消息却是韦之晋已经在四月去世了。这是769年的初秋，距离他去世还有一年多的时间，而湖南长沙距离河南巩义，大约还有八百多公里。落叶归根的回家路，走到了走投无路。

就是在此期间，他遇到了年老的李龟年，昔日盛唐最杰出的音乐家，唐玄宗、杨贵妃身边的红人，于是有了这首《江南逢李龟年》。岐王、崔九象征着盛唐的歌舞升平，这是过去，而现实是繁华不再。落花风景看似明媚，但终究无可奈何，一如大唐。从前相识，杜甫、李龟年恰青春年少，而今重逢，两个人都已是白头衰翁。往日的一幕幕只能活在回忆中，而回忆也不仅仅只有那时的快乐，还多了许多这些年的潦倒与漂泊。

公元770年冬天，杜甫的小船漫无目的地在江上漂着，望着江水，他已经忘记了这是人生第几次走投无路。他已经有很多天没吃东西了，衰老和疾病让他难以起身，身上的衣服破破烂烂，稍微一动，便是一身大汗。

他想，这一世大概是回不了家了吧，最后的时刻，就是在这条船上啦。眼泪不知不觉中，填满了枯槁的眼眶。"归路从此迷，涕尽湘江岸。"他躺在跟随他多年的褴褛的枕头上，给自己写了一份讣告，赠予亲友——《风疾舟中伏枕书怀三十六韵奉呈湖南亲友》。

"看这天上寒云惨淡，我这趟旅程怕是再也没机会看一眼故乡了。回看我这一辈子的流离，和这个冬天一样萧瑟。曾经也走南闯北做过几件小事，但事与愿违，小女儿也在湖南夭折，可笑我邯郸学步蹉跎华年。感激诸公曾以真心待我，你们都是我的知音！现如今战火依旧，江山上下依然破碎，可我实在力不从心了。我知道自己时日无多，必死无疑，只是可怜留下这一家老小，给众亲友添麻烦了。唉，写到这儿不觉泪如雨下。算啦。"

这天，中国甚至世界范围内最伟大的灵魂，走完了他的一生。

现在是 2023 年的春天，很快春风会再绿江南，会有父母教他们的子女，会有学生翻开他们的书本，杜甫的诗句会无数次遇到他们，中华大地会有千千万万次复诵："尔曹身与名俱灭，不废江河万古流。"

白居易

两次别离

几处早莺争暖树，谁家新燕啄春泥。
乱花渐欲迷人眼，浅草才能没马蹄。

白居易是流传诗篇最多的唐代诗人，与李白、杜甫齐名。他们就好像唐朝文坛的三原色，各有所长，缺一不可。李白雄浑，常兴至语绝；杜甫伟大，用血肉凡躯成就隽永。那白居易呢？

　　我对白居易的初印象停留在小学课本上。《暮江吟》很美，在每个人的脑海中都画上一幅夕照晚江图：

　　　　一道残阳铺水中，半江瑟瑟半江红。

　　　　可怜九月初三夜，露似真珠月似弓。

　　后来与白诗相遇，是在十三四岁的寒假。姥姥在家用保温杯泡茶，而我坚持用当时很流行的带小蜡烛烛台的玻璃茶具，请姥姥匀出一点给我，对着窗外北方冬天冷清的天空和枝丫，一小杯一小杯地喝。一个小城姑娘人生最初的小情小调，就是着了白居易《问刘十九》的道：

　　　　绿蚁新醅酒，红泥小火炉。

　　　　晚来天欲雪，能饮一杯无？

　　再与白诗相遇，是在厕所隔间里。去年秋天我在北京的老胡同里拍摄，中途去上厕所。公厕旁边有一个狭窄的小房子，路过的时候门开着，我往里瞅了一眼，除了保洁工具外，还有一条不到一米宽的木板，上面铺了几层小毯子，大概其中的某一层会被当作被子，姑且叫它一张床吧。木板对面是一个塑料凳，上面摆了一只小电磁锅，正在咕噜咕噜煮着模糊不清的一锅食物，看颜色可能是番茄鸡蛋面。这间与厕所一墙之隔的小屋子，我看不出主人的性别。北京有一项统计数据，2008 年，全市有公共厕所一万四千余个，是世界上公共厕所最多的城市之一。在这个数字背后，大概也有一万多个藏在这样小屋子里的临时的家，他们的主人在这里劳作，也在这里栖息，日复一日。那间公厕被打扫得很干净，但依然不可避免地散发出一些气味，食物的蒸气此时也升腾起来，两种味道混合在一起，彼此羞赧地打了个招呼。

> 今我何功德，曾不事农桑。
>
> 吏禄三百石，岁晏有余粮。
>
> 念此私自愧，尽日不能忘。（《观刈麦》节选）

《观刈麦》穿过千年时光，在此刻我的心中回响。如果说《琵琶行》《长恨歌》是观照自我，那么《观刈麦》《卖炭翁》《新丰折臂翁》则是书写世间黎民。白居易与杜甫有一脉相承的部分，他们都爱人如己，歌诗纪事。倘若只有这些，白居易大概算得上是中唐一位杰出的诗人，或是一位兼济天下的悲悯政客，那么先生何以江河万古？我们继续看诗。

白诗中最重要的两部分是讽喻诗和闲适诗。先来看闲适诗，比如刚才说的《暮江吟》《问刘十九》，或者下面的《钱塘湖春行》：

几处早莺争暖树，谁家新燕啄春泥。

乱花渐欲迷人眼，浅草才能没马蹄。（《钱塘湖春行》

节选）

多美的文字啊，寥寥几笔，几棵早春挂着露水的嫩芽就生机勃勃地跃然纸上，还有远处毛茸茸的青草地，仿佛使劲吸吸鼻子都能闻到湖边湿润泥土的味道。又如他书写家伎的"樱桃樊素口，杨柳小蛮腰"，这形容放在如今，够多少美妆品牌、服装品牌去化用意象做营销了。

无论是四季之美、女性之美，还是没事与好友喝点小酒的乐趣，白居易的笔触都是轻快的。

他善于发现美、记录美、懂得美。但也就是这样一个灵魂，强迫自己不要温和地走进良夜，用灵魂的另一半，凝视着丑陋，质问着权贵，悲悯着天下苍生。他的讽喻诗代表着唐代知识分子的良心。

白居易的特别之处就在于他的矛盾，他的生命像是流动的水，高低错落。我相信他一定处理过很多发生在内心的冲突，但依然坚定地抛弃了某一部分闪光的自己，而这些舍弃构成了他的高贵。

非求宫律高，不务文字奇。

唯歌生民病，愿得天子知。（《寄唐生》节选）

一次离别

白居易常常书写女性。

他的笔下，有"樱桃樊素口，杨柳小蛮腰"，又有"菱角执笙
簧，谷儿抹琵琶。红绡信手舞，紫绡随意歌"。这些句子着实让不少
人对他产生过误解。实际上樊素和小蛮都是白居易家中的家伎，在
唐代，女伎指的就是伶人乐户中的女性，负责吹拉弹唱，有官伎家
伎之分，只有流落到市井的女伎才有可能沦落至所谓"青楼之女"。
因此白居易和家伎更多的是关于诗词歌赋的唱和以及主仆之间的真
诚。即便白居易身边真的莺莺燕燕，有红颜知己若干，以现代人的
道德标准去评判古代人，也很难客观。

在同时代的诗人中，白居易对女性的关照无人能出其右。他
同情她们，悲悯她们，涉及女性的诗文有一百多首，最典型的当属
《上阳白发人》。他对女性的关注和书写，让历史深处的"她们"从
面目模糊、语焉不详的群像，变成一个个生动鲜活的、具体的人。

梁启超曾说"二十四史非史也，二十四姓家谱而已"，翻遍正
史，对于女性的书写确实寥寥。白居易为何如此不遗余力地关爱着
她们？

我想要提到一次离别，发生在他的青年时期。

公元 772 年，白居易生于河南。几年后家乡战乱，白家迁居
宿州符离。邻家有女名曰湘灵，可爱动人，与白居易青梅竹马。白
居易为她写过二十六首情诗，包括《邻女》《寄湘灵》《冬至夜怀湘
灵》等等。

十几岁时，二人互生情愫，但由于门第差异，他们的恋情遭到
了家人的强烈反对。白居易出身士族，而湘灵家境普通，唐代士人
格外看重婚姻选择，认为士族结婚不娶名家女便为社会所不齿。后
来白居易离开符离南下，一为求学，二为逃避。他仍给乡下的湘灵

写诗，名曰《长相思》：

> 人言人有愿，愿至天必成。
>
> 愿作远方兽，步步比肩行。
>
> 愿作深山木，枝枝连理生。

三十一岁时，白居易考中进士，后回符离短住。他再次请求母亲准许二人婚事，却依然遭拒。门户之隔，犹如不可逾越的高墙。

公元 804 年，这是白居易与湘灵永别的时刻，他携母西迁秦地，从此与湘灵情缘断尽。

面对生离，他作《潜别离》感慨寄怀：

> 不得哭，潜别离。
>
> 不得语，暗相思。
>
> 两心之外无人知。
>
> 深笼夜锁独栖鸟，利剑春断连理枝。
>
> 河水虽浊有清日，乌头虽黑有白时。
>
> 惟有潜离与暗别，彼此甘心无后期。

两年后，白居易与朋友同聚终南山，酒过三巡后谈及安史之乱和李、杨二人，两位好友劝白居易以诗来记录这段历史，约定三日为限，绝世长诗《长恨歌》就此诞生。

> 汉皇重色思倾国，御宇多年求不得。
>
> 杨家有女初长成，养在深闺人未识。

天生丽质难自弃，一朝选在君王侧。

回眸一笑百媚生，六宫粉黛无颜色。

春寒赐浴华清池，温泉水滑洗凝脂。

侍儿扶起娇无力，始是新承恩泽时。

云鬓花颜金步摇，芙蓉帐暖度春宵。

春宵苦短日高起，从此君王不早朝。

承欢侍宴无闲暇，春从春游夜专夜。

后宫佳丽三千人，三千宠爱在一身。

金屋妆成娇侍夜，玉楼宴罢醉和春。

姊妹弟兄皆列土，可怜光彩生门户。

遂令天下父母心，不重生男重生女。

骊宫高处入青云，仙乐风飘处处闻。

缓歌慢舞凝丝竹，尽日君王看不足。

渔阳鼙鼓动地来，惊破霓裳羽衣曲。

九重城阙烟尘生，千乘万骑西南行。

翠华摇摇行复止，西出都门百余里。

六军不发无奈何，宛转蛾眉马前死。

花钿委地无人收，翠翘金雀玉搔头。

君王掩面救不得，回看血泪相和流。

黄埃散漫风萧索，云栈萦纡登剑阁。

峨嵋山下少人行，旌旗无光日色薄。

蜀江水碧蜀山青，圣主朝朝暮暮情。

行宫见月伤心色，夜雨闻铃肠断声。

天旋日转回龙驭，到此踌躇不能去。

马嵬坡下泥土中，不见玉颜空死处。

君臣相顾尽沾衣，东望都门信马归。

归来池苑皆依旧，太液芙蓉未央柳。

芙蓉如面柳如眉，对此如何不泪垂？

春风桃李花开夜，秋雨梧桐叶落时。

西宫南内多秋草，落叶满阶红不扫。

梨园弟子白发新，椒房阿监青娥老。

夕殿萤飞思悄然，孤灯挑尽未成眠。

迟迟钟鼓初长夜，耿耿星河欲曙天。

鸳鸯瓦冷霜华重，翡翠衾寒谁与共？

悠悠生死别经年，魂魄不曾来入梦。

临邛道士鸿都客，能以精诚致魂魄。

为感君王辗转思，遂教方士殷勤觅。

排空驭气奔如电，升天入地求之遍。

上穷碧落下黄泉，两处茫茫皆不见。

忽闻海上有仙山，山在虚无缥缈间。

楼阁玲珑五云起，其中绰约多仙子。

中有一人字太真，雪肤花貌参差是。

金阙西厢叩玉扃，转教小玉报双成。

闻道汉家天子使，九华帐里梦魂惊。

揽衣推枕起徘徊，珠箔银屏迤逦开。

云鬓半偏新睡觉，花冠不整下堂来。

风吹仙袂飘飘举，犹似霓裳羽衣舞。

玉容寂寞泪阑干，梨花一枝春带雨。

含情凝睇谢君王，一别音容两渺茫。

昭阳殿里恩爱绝，蓬莱宫中日月长。

回头下望人寰处，不见长安见尘雾。

惟将旧物表深情，钿合金钗寄将去。

钗留一股合一扇，钗擘黄金合分钿。

但令心似金钿坚，天上人间会相见。

临别殷勤重寄词，词中有誓两心知。

七月七日长生殿，夜半无人私语时。

在天愿作比翼鸟，在地愿为连理枝。

天长地久有时尽，此恨绵绵无绝期。

　　此诗一出，白居易声名大噪，妇孺老少皆能传唱。这一年，他三十五岁。

　　这首诗因何流芳千古，成为唐代长篇叙事史诗中最好的作品？我们再来看诗。

　　《长恨歌》的背景是安史之乱，安禄山谋反后，唐玄宗带着亲信、大臣、爱妃以及军队慌张西逃，行至马嵬驿发生兵变，将士们认为国将不国是奸臣祸妃所致，他们杀了宰相杨国忠，并要求唐玄宗赐死贵妃杨玉环，否则众怒难平，六军不发。唐玄宗无奈，只得赐杨贵妃自缢。

　　我把这首诗分成了三个章节——歌舞升平、生死离别、梦寻挚爱，诗中对每部分的描写都恰如其分地灵动与精准。

　　"天生丽质难自弃，一朝选在君王侧。回眸一笑百媚生，六宫粉黛无颜色。春寒赐浴华清池，温泉水滑洗凝脂。侍儿扶起娇无力，始是新承恩泽时。"这里面的字字句句，都流传了千百年，至今依然无法超越。一句"回眸一笑百媚生"，画面感马上就出来了，佳人回眸浅笑，双唇轻启，六宫的脂粉瞬间失了色彩，美在此刻不必流动，凝于瞬间。"温泉水滑洗凝脂，侍儿扶起娇无力"，这是对温香软玉最好的阐释。乍暖还寒的春天，在温泉里泡上大半个时辰，温软的皮肤像凝固的羊脂玉，人也因这暖水长久浸泡至全身娇弱无力，此刻"始是新承恩泽时"，用字之精准让人佩服。

"春从春游夜专夜"，每个春天都要与你携手出游共同度过，每个缠绵的夜晚都专属于你。就是这么美的肉体，曾被宠爱得无以复加。

接下来这部分我们看看白居易是怎么写美玉的破碎。

"渔阳鼙鼓动地来，惊破霓裳羽衣曲。"写作的时候，写一个很妙的转折最难。我常常拙劣地铺垫了一大堆，也未必能转得好，写深了让人看不懂，浅了又没劲。白居易的这句转折确实惊艳。安禄山在渔阳起兵谋反，战鼓声声动地而来，打碎了宁静的美梦。《霓裳羽衣曲》是唐玄宗所作的一首得意之曲，后来杨玉环为此曲献舞一支，千娇百媚，细腻优美。就是这样一个歌舞曼妙的慵懒岁月，被隆隆作响的铁蹄战鼓倏忽打破，"惊破"二字甚妙。

"六军不发无奈何，宛转蛾眉马前死。花钿委地无人收，翠翘金雀玉搔头。君王掩面救不得，回看血泪相和流。"没办法，不杀杨玉环，六军驻马。面对家国天下，唐玄宗此刻必须做这个割舍。"花钿委地无人收，翠翘金雀玉搔头"，皇帝面对着深爱的女子，曾经给过的奇珍异宝都散落尘土之下。"君王掩面救不得，回看血泪相和流"，而偏偏此刻要亲自夺了她的性命，救也救不得，只能看着她的血缓缓流淌，直到耗尽最后一丝生机，这是怎样的一种挣扎和折磨啊！君王的眼泪和着贵妃的血水，交织成一个无比残忍的画面。做万人敬仰的君王又怎样？此刻却连寻常夫妻都比不了。这是唐玄宗的无可奈何，又何尝不是诗人自己的无可奈何，湘灵的身影随着诗人的哀叹长留诗中。

"西宫南内多秋草，落叶满阶红不扫。梨园弟子白发新，椒房阿监青娥老。"春去秋来，宫内一片衰败，因为美玉破碎，一切都像蒙了灰，死气沉沉。唐玄宗的痛苦丝毫没有随时间减损，他一遍遍地满世界寻找杨贵妃的身影，她在这个世界死去之后去哪儿了呢？肉身已去，灵魂一定还有吧？

"夕殿萤飞思悄然，孤灯挑尽未成眠。迟迟钟鼓初长夜，耿耿星河欲曙天。"每一晚，唐玄宗都在这样想见而再也不可能相见的无尽思念中，睁着眼睛等到天明，燃尽孤灯无以成眠。"悠悠生死别经年，魂魄不曾来入梦"，生死相别已久，日夜思念却不得见，就连梦中也不曾有过片刻的慰藉。后来唐玄宗请道士来作法，他相信杨贵妃一定在另一个世界，他一定要穷尽这世间所有的办法再见她一面，否则无法缓解每一秒都钻心蚀骨的痛楚。

记得之前看三毛的书，在荷西死后她也尝试过"通灵"，希望灵媒能帮助她得到一点爱人的消息。她说："挚亲的离开不是一场大雨，而是一生的潮湿。"

2020年8月，姥姥离开了我，从小在姥姥身边长大的我，像是失去了永恒的港湾。之后的一段时间里，我无法控制地在每一个空当里拼命搜寻生命结束后的经历。人死后究竟去了哪儿呢？最后一刻会痛苦吗？即使我是一个坚定的唯物主义者，也只有想着"我们一定还会重逢"，才好接受这一世的分别。我就是在这时候，重读白居易的《长恨歌》，他给那些离开了我们的亲密生命建造了一座仙山，慰藉着后世人间苍茫无尽的遗憾。"上穷碧落下黄泉"，那是唐玄宗对杨贵妃的思念，是白居易对湘灵的思念，也是我对姥姥的思念。

白居易写下《长恨歌》七年之后，曾在被贬江州的途中再遇湘灵，百感交集，无言以对。此后一生，二人再未相见。此恨绵绵无绝期，这是白居易生命中的一次重大离别。

当我认为《长恨歌》就是白居易的最高成就时，我在一句"心忧炭贱愿天寒"里再遇醉吟先生。

二次离别

在江西九江有一条龙开河路，每到夜里便人声鼎沸，油糍、烧烤、萝卜饼店人来人往。而一千三百年前的某个深夜，这里江水浩渺辽阔，白居易就在这里相逢了琵琶女，并写下了名扬千古、流芳百世的《琵琶行》。而在九江的这段时间，也成为他一生命运抉择的转折点。从兼济天下的白居易，逐渐变为独善其身的白乐天，这是塑造白居易高低错落的生命形态的第二重离别。

元和十年（815年），宰相武元衡在长安街头被刺身亡，白居易上书主张通缉凶手。但因为他平时写了太多讽喻诗，得罪了不少权贵，这次被人抓住把柄，说他越权。更有权贵、宦官诬陷他，说他的母亲因看花坠井而死，他却写什么赏花诗、新井诗，简直是大逆不道！于是白居易被贬为江州司马。

江州，就是现在的九江，也叫柴桑、浔阳，而司马是地方刺史的助手。在唐朝，如果你本来是京城的官员，而后被贬为地方司马，这是很屈辱的事情。因为司马是散官，没有实权，像刘禹锡、柳宗元都曾经被贬为偏远地区的司马，所以白居易自嘲这是送老官。当时他的至交好友元稹被贬通州，同样沦落他乡，他在给元稹的信中写道："浔阳腊月，江风苦寒，岁暮鲜欢，夜长少睡。"这就是著名的《与元九书》。

想想看，都说三十老明经，五十少进士，而他二十九岁就考中进士，在同辈人中出类拔萃。而现在他四十四岁被贬，前途渺茫，看不到希望。第二年秋天他在浔阳江头送客，偶遇一个商妇，于是这一年积累下来的种种情绪开始爆发，这才有了那首《琵琶行》。

> 元和十年，予左迁九江郡司马。明年秋，送客湓浦口，闻舟中夜弹琵琶者，听其音，铮铮然有京都声。问其人，本长安倡女，尝学琵琶于穆、曹二善才，年长色衰，委身为贾人妇。遂命酒，使快弹数曲。曲罢悯然，自叙少小时欢乐事，今漂沦憔悴，转徙于江湖间。予出官二年，恬然自安，感斯人言，是夕始觉有迁谪意。因为长句，歌以赠之，凡六百一十六言，命曰《琵琶行》。

> 浔阳江头夜送客，枫叶荻花秋瑟瑟。
> 主人下马客在船，举酒欲饮无管弦。
> 醉不成欢惨将别，别时茫茫江浸月。
> 忽闻水上琵琶声，主人忘归客不发。
> 寻声暗问弹者谁，琵琶声停欲语迟。
> 移船相近邀相见，添酒回灯重开宴。
> 千呼万唤始出来，犹抱琵琶半遮面。
> 转轴拨弦三两声，未成曲调先有情。
> 弦弦掩抑声声思，似诉平生不得志。
> 低眉信手续续弹，说尽心中无限事。

轻拢慢捻抹复挑，初为霓裳后六幺。

大弦嘈嘈如急雨，小弦切切如私语。

嘈嘈切切错杂弹，大珠小珠落玉盘。

间关莺语花底滑，幽咽泉流冰下难。

冰泉冷涩弦凝绝，凝绝不通声暂歇。

别有幽愁暗恨生，此时无声胜有声。

银瓶乍破水浆迸，铁骑突出刀枪鸣。

曲终收拨当心画，四弦一声如裂帛。

东船西舫悄无言，唯见江心秋月白。

沉吟放拨插弦中，整顿衣裳起敛容。

自言本是京城女，家在虾蟆陵下住。

十三学得琵琶成，名属教坊第一部。

曲罢曾教善才服，妆成每被秋娘妒。

五陵年少争缠头，一曲红绡不知数。

钿头银篦击节碎，血色罗裙翻酒污。

今年欢笑复明年，秋月春风等闲度。

弟走从军阿姨死，暮去朝来颜色故。

门前冷落鞍马稀，老大嫁作商人妇。

商人重利轻别离，前月浮梁买茶去。

去来江口守空船，绕船月明江水寒。

夜深忽梦少年事，梦啼妆泪红阑干。

我闻琵琶已叹息，又闻此语重唧唧。

同是天涯沦落人，相逢何必曾相识！

我从去年辞帝京，谪居卧病浔阳城。

浔阳地僻无音乐，终岁不闻丝竹声。

住近湓江地低湿，黄芦苦竹绕宅生。

其间旦暮闻何物？杜鹃啼血猿哀鸣。

春江花朝秋月夜，往往取酒还独倾。

岂无山歌与村笛，呕哑嘲哳难为听。

今夜闻君琵琶语，如听仙乐耳暂明。

莫辞更坐弹一曲，为君翻作琵琶行。

感我此言良久立，却坐促弦弦转急。

凄凄不似向前声，满座重闻皆掩泣。

座中泣下谁最多？江州司马青衫湿。

　　序言已经为我们铺垫了故事的背景。开头第一句"浔阳江头夜送客，枫叶荻花秋瑟瑟"，这里的浔阳江头指的就是浔阳古城的龙开河，而最初它叫湓水。西汉初年大将灌婴临水筑城，于是有了九江城。李白有诗写道："浪动灌婴井，浔阳江上风。"如果你去九江，还能看到当年灌婴修筑的这座古井。

　　被贬九江，严格来说不算太差，虽然他在诗里写"浔阳地僻无音乐，终岁不闻丝竹声"，但其实九江紧邻长江，又有鄱阳湖，水路发达，商贸盛繁，所以他才能在这里遇到从长安一路南下的琵琶女。

　　《琵琶行》全诗六百一十六个字，它真正感人的地方在哪里？就是"同是天涯沦落人，相逢何必曾相识"背后的同理心。两人地位悬殊，但在这首诗里白居易从没有轻看琵琶女，而是极尽笔墨和情绪，一遍遍铺陈，最后才发现他们都是在各自的人生中浮沉，拥有再失去，得意也失落，其实他们都一样。读了再多书，写过再多讽谏诗，纵使有满腹的抱负又能怎样呢？当过红极一时的歌女又能怎样呢？"今年欢笑复明年，秋月春风等闲度。弟走从军阿姨死，暮去朝来颜色故。门前冷落鞍马稀……去来江口守空船，绕船月明江水寒。夜深忽梦少年事，梦啼妆泪红阑干。"时光就这么年复一年轻悄度过，弟弟从军远走，姨娘尽丧，门庭冷落，年老色衰，早不复往日风光。如今江风寒冷，月色苍茫，人到暮年，忽梦少年，已忘来路几何。

写完这首诗后，白居易到处游山玩水，建庐山草堂，登香炉峰，访大林寺，还把这些事一五一十写信告诉元稹，跟他分享"溢鱼颇肥，江酒极美""见云水泉石……爱不能舍"。似乎在公元 816 年的那个秋夜，他把自己这辈子的眼泪都交了出去，连同自己的不甘、委屈、抱怨，连同自己的种种心结。

在后来的三十多年生命中，白居易践行着他的字号。那个曾经持剑屠龙的少年收了锋芒，隐去棱角，万丈豪情也渐渐熄灭，写的几乎都是闲适诗。兼济天下的参政热情被独善其身的处世法则所替代，乐天知命，随遇而安。

公元 846 年，白居易在洛阳龙门平静离世，在牛李党争、飘蓬乱世中得以全身而退。他在后半生里再也没有写出像《长恨歌》《琵琶行》这样的伟大长诗，但我相信，他一定在自己的内心深处找到了一块平静安稳的自留地。

曾经沧海难为水，除却巫山不是云。

取次花丛懒回顾，半缘修道半缘君。

元稹

一生浮沉，与君共度

元稹在今天是一个很有争议的人物，有人说他"渣"，有人说他深情。"曾经沧海难为水，除却巫山不是云"，不知道被多少人奉为经典。而我想把元稹归为性情中人，不褒不贬。我所理解的性情中人，并非特指那种具有爽快大方的气质的人，而是指那种内心世界极为丰富，感性在所有尺度的天平上总是获得更多筹码的那一方的人。他们时而温柔细腻，时而任性自私，一面是重情重义、壮阔胸怀，另一面却可能是用虚张声势来掩盖自己的脆弱。爱时，会全然为他的赤诚和热情燃烧；恨时，也会被他的冷酷克制挫骨。生活中我们经常也会遇到这样的人，他们很有才华也很有趣，像是有引力一般吸引着人靠近，可一旦走近后，又不断生出别的滋味。突然发现，那些暧昧的磁场中是带着刺的。

元稹与崔莺莺

元稹生于一个没落士族，家里纵然世代为官却也清贫。八岁时父亲去世，他由母亲抚养长大。他自小努力用功，饱读诗书，盼望可以早日报答母恩。

二十岁时的元稹，已是少年英俊，才气过人。这一年他来到蒲州，在当地叛乱中保护了表亲一家，结识了这家的女儿崔莺莺。两人日久生情，暗结云雨。没过多久，元稹进京赶考，与崔氏分别，并许诺待他日高中，必回来迎娶。只是他这一去，却再无回头。

一年后，他得到了当时的太子少保韦夏卿的欣赏，后者将女儿韦丛许配给了他。元稹后来将这段经历写成了唐传奇《莺莺传》，也是后来《西厢记》的原型蓝本。他在篇末替张生始乱终弃的行为开脱，将崔莺莺斥为尤物妖孽。一直以来很多人都把这篇小说当作元稹的自传，或者以他为原型进行再加工的创作，比如鲁迅，他就评价说"篇末文过饰非，遂堕恶趣"，但也有学者觉得这篇小说就是文学虚构。所以这个问题，在学界从古至今就存在争议。陈寅恪先生在《元白诗笺证稿》里是这么分析的：

> 至唐之中叶，即微之、乐天所生值之世，此二者已适
> 在蜕变进行之程途中，其不同之新旧道德标准社会风习并
> 存杂用，正不肖者用巧得利，而贤者以拙而失败之时也。
> ⋯⋯
> 士大夫之仕宦苟不得为清望官，婚姻苟不结高门第，
> 则其政治地位、社会阶级，即因之而低降沦落。

这段就讲了当时中唐的社会风气，仕途、门第和婚姻是捆绑在一起的。一个学子如果想要进入上层社会，一是靠科考，二是靠婚姻提升自己的身份。元稹祖上世代为官，但到父亲这一辈已经沦落寒门，所以他身上肩负着复兴家族的使命。所以陈寅恪先生说元稹是"巧婚"，他很自然地抛弃出身卑微的崔莺莺，而求娶韦夏卿的女儿韦丛。

世家大族也经常会把女儿许配给一些有才华的青年后生，这些

寒门女婿一旦借势成功而上，那家族整体的实力也便得到了增强。隋唐时期有被称为"五姓七望"的世家大族，其实在唐朝建立之后，李氏家族就一直在打压这些地方望族的势力，比如唐高宗时就禁止世家大族之间通婚。到了盛唐，地方望族势力已经被极大地削弱。而经过安史之乱，唐中央的统治力度削弱，权力中枢重建，到了中唐，也就是元稹所处的时代，世家大族再度抬头。比如清河崔氏，安史之乱前只有两任宰相，而到了中唐陆续有八人称相。这样的社会环境，使得一个符合双方需求的联姻行为成了风气。

曾经沧海

元稹娶了韦丛之后，将韦丛接到了洛阳，他则在洛阳、长安两地奔波。二十七岁时，他官至左拾遗，不过也只是八品。后来他因为针砭时弊，得罪权贵，被贬为河南县尉，这让他原本就不富裕的家庭雪上加霜。韦丛本为富家大小姐，娇生惯养，跟着元稹过清贫日子，却无半分怨言。少年佳人，两人日渐恩爱情深。

公元 809 年，元稹三十岁时升为监察御史，前往剑南。他本想着升迁之后，一切或将出现转机，没想到的是，几个月后却收到了妻子韦丛病逝的消息。妻子下葬之时，他又因公务繁忙无法回家，悲恸欲绝之下，他写下了著名的《离思五首》，其中这首更是流传千古：

> 曾经沧海难为水，除却巫山不是云。
> 取次花丛懒回顾，半缘修道半缘君。

"难为水"出自《孟子·尽心篇》："孔子登东山而小鲁，登泰山而小天下，故观于海者难为水。"意思是说孔子登上东山，就觉得鲁国变小了；登上泰山，就觉得整个天下都变小了；看过了宽广的大海，便很难被河流所吸引。"巫山云"出自战国时期宋玉《高唐赋》里的巫山云雨，说的是楚襄王曾游云梦，遇到了一个巫山女，两人相爱。分别时，巫山女说："妾在巫山之阳，高丘之阻。旦为朝云，暮为行雨，朝朝暮暮，阳台之下。"后来，楚襄王果然在早上看到天空云团缥缈，觉得她是神女，便为她立庙号为朝云。所以"除却巫山不是云"的意思是，巫山云是如此特别，以至于对其他地方的云不屑一顾。

翻译出来，字面意思其实非常简单。但为什么如此简单的话，千百年来却这么打动人？

有两种解释。一种是"曾经沧海"代表着事情已经过去，而人总是会对过去耿耿于怀。课桌上的"三八线"画上又擦，日记本里的秘密已被封箱，曾经一起看过的日出如今已是夕阳，转眼少年少女又成了谁的新郎新娘。"曾经沧海难为水，除却巫山不是云"，怀念的不仅仅是当时的对方，也是那时的自己。真诚、勇敢、无畏、横冲直撞，不计较得失利弊，只是喜欢。

而从被爱者的角度看，这句诗有了另一种解释。它之所以能不断被人传唱，正是因为它肯定了被爱的价值。从客观意义上讲，真的可以除却巫山不是云吗？显然不可能。我们大多数人只是普通人，但爱情的美妙恰恰就在于不客观。这世界有成千上万的人，高矮胖瘦，林林总总，但只有你对我别具意义、独一无二。不是只有长得好看、有钱、万众瞩目的人才值得被爱，一个人即便普通平凡也可以被肯定、被认可、被义无反顾地选择。我们哪怕不是绝对意义上的沧海水，但依旧能成为某人眼中的巫山云。但被爱的前提，一定是建立在独立思考、勇敢、善良、乐观这样的品质之上。努力发自己的光，哪怕是微微萤火，也会在某一个夜晚，与另一粒萤火相会。

在此之后，他仍然不断思念韦丛，又写下了《遣悲怀三首》，焚于墓前：

其一

谢公最小偏怜女，自嫁黔娄百事乖。

顾我无衣搜荩箧，泥他沽酒拔金钗。

野蔬充膳甘长藿，落叶添薪仰古槐。

今日俸钱过十万，与君营奠复营斋。

其二

昔日戏言身后意，今朝皆到眼前来。

衣裳已施行看尽，针线犹存未忍开。

尚想旧情怜婢仆，也曾因梦送钱财。

诚知此恨人人有，贫贱夫妻百事哀。

其三

闲坐悲君亦自悲，百年都是几多时。

邓攸无子寻知命，潘岳悼亡犹费词。

同穴窅冥何所望，他生缘会更难期。

惟将终夜长开眼，报答平生未展眉。

每一首都写得真挚动人。有人会觉得这可能是文人的巧言令色，但也有人觉得这一定是发乎真情。从人性来看，我非常愿意相信写这些诗的时候，元稹是全心全意投入其中的，因为字里行间透露着一种深深的耿耿于怀。想起陆游在七十多岁高龄时故地重游写下了《沈园二首》："城上斜阳画角哀，沈园非复旧池台。伤心桥下春波绿，曾是惊鸿照影来。"到底是什么样的情感才会让他跨越半个世纪仍然耿耿于怀？那始终藏在嘴边却没说出口的两个字又是什么？一句"曾是惊鸿照影来"写尽了，那是酸楚，是遗憾，是可惜，是憧憬，是昔日梦的破碎，是空怅惘，这皆因诗人执着的念念不忘化作了诗句。

之前我看到复旦哲学教授王德峰老师解释什么是"缘起性空"。他说 2000 年母亲去世，2006 年父亲去世，当他父亲去世那一刻，他才深深理解了这四个字。母亲在遇到父亲前有她自己的人生，父亲在遇到母亲前也有他自己的人生，然后在一个时间点两人相遇了，结合组成了家庭，后来这个家又有了他。所以他先天地认为这个家是永远存在的，但其实不然。什么叫缘起性空？它曾经没有，将来也会没有。

乱花渐欲迷人眼，没有人会心甘情愿在当下承认未来成空，故而百转千回，阴差阳错。人之所以觉得遗憾痛苦，就是因为总企盼着"要是这样就好了"，要是能一直在一起就好了，要是当时没有说那句话就好了，要是再勇敢一点就好了，要是能回到过去就好了。拉扯着偏偏不愿失去的，恰恰是已然逝去的。故而人生的结才卡在这里，不肯松绑。

有一种感情叫"元白"

现在很流行"嗑 cp"，而想起古代诗人组的 cp，许多人的第一反应就是元稹和白居易。他们相识几十年，从年少到年老，共同见证了彼此的起起伏伏。每次想起都觉得，也许人海相逢，不求永远，但求懂得。

公元 803 年，二十四岁的元稹和三十一岁的白居易同科及第，自此结识。元稹英俊年少，白居易儒雅大方。相识不久，两人便一起骑马赏花，雪中共饮，白居易还写诗给元稹："所合在方寸，心源无异端。"

几年后两人先后被贬，元稹去了河南，白居易去了陕西郊区。元稹走后，白居易写诗："同心一人去，坐觉长安空。"而在被贬的路上，元稹也给白居易写诗："愿为云与雨，会合天之垂。"

不久，元稹母亲去世，白居易为元母手写了墓志铭，三寄衣物钱财接济元稹。而再后来，元稹也为白母写了墓志铭。

公元 809 年，元稹奉命前往剑南东川，在这路上与白居易发生了一次世所惊奇的神交。有一天他梦见了白居易和朋友同游曲江，醒来后写诗寄给了白居易。而与此同时，白居易那天当真是在曲江游玩，并因思念元稹，也写了首诗寄给了他。"谁料江边怀我夜，正当池畔望君时。"这是什么惊人的缘分？

大约一年后，元稹被贬通州，而白居易也被贬为江州司马。元稹听闻后，写下名句："垂死病中惊坐起，暗风吹雨入寒窗。"两人开始疯狂唱和赋诗，排遣思念和被贬的愁苦。他们这个举动也引发热议，从江湖到宫廷，争相传诵他们的诗，一时纸贵。这就是历史上著名的"通江唱和"。后来，他们还一起主导了新乐府运动。

这两人几乎走到哪里就在哪里给对方写诗，从人生理想谈到衣食住行。疯狂到什么程度呢？元稹家人看到他又哭又笑地跑回来，就知道他是收到了白居易的信。因为常年相隔两地难得相聚，有一次两人好不容易见面，饮醉畅聊三天。分别后，白居易写诗："行到城门残酒醒，万重离恨一时来。"而元稹则回诗："王孙醉床上，颠倒眠绮罗。君今劝我醉，劝醉意如何？"

就这样，两人彼此写诗寄情，一人悲伤，另一人便心痛，一人开心，另一人也欢喜。

直到公元 831 年，元稹五十二岁时暴病而亡，白居易赶到棺前痛哭。九年后，六十八岁的白居易大病初愈，梦见元稹，又痛从心起，写下了那首《梦微之》：

夜来携手梦同游，晨起盈巾泪莫收。
漳浦老身三度病，咸阳宿草八回秋。
君埋泉下泥销骨，我寄人间雪满头。
阿卫韩郎相次去，夜台茫昧得知不？

而再看元稹，似乎也早有遗言："直到他生亦相觅，不能空记树中环。"

元稹和白居易到底是什么样的感情？是少年同及第，壮年同落寞，中年同兴业，晚年生死隔相思。一生浮沉，与君共度。

千山鸟飞绝，万径人踪灭。

孤舟蓑笠翁，独钓寒江雪。

万千孤独，才子挽歌

柳宗元

上学的时候学到《江雪》，只觉得这首诗写得如此动人心魄又意境悠远。"孤舟蓑笠翁，独钓寒江雪"，多妙啊！在很长一段时间里，《江雪》都是我心中极佳的五言绝句，可直到后来了解了更多柳宗元的故事，才品味出这诗里的万千孤独。

为了这首诗，我去了湖南永州，想看看柳宗元当年被贬的地方。那里修起了仿古的古城景区，各种汉服店、美食店鳞次栉比，柳子庙人来人往，络绎不绝。而我跟着指示牌，走向愚溪，走近小石潭、钴𬭼潭、西小丘——一个个曾经只出现在柳宗元诗文里的地方。那里人迹罕至，鸡犬炊烟，偶有村民站在愚溪中央的浮石上洗衣。那一刻，我才终于从人山人海的喧嚣中抽离出来，回到了柳宗元来到永州的那个清晨。

重振荣耀

柳宗元出身于名门望族柳氏。在古代，柳、薛、裴并称为"河东三著姓"。所谓河东，指的是现在山西临汾、运城一带。这三大家族从秦汉开始延续数百年之久，枝繁叶茂。

柳氏到底有多厉害？柳宗元的七世祖柳庆为北魏侍中，封济阴公，堂高伯祖柳奭曾为宰相。唐高宗时期，柳氏官居尚书省的就多达二十三人。但也只能说，柳氏曾经辉煌过。

到了武则天时期，柳氏受到了严重的打击，逐渐家道衰落。柳宗元曾祖、祖父都只做到县令。安史之乱后，柳宗元的父亲柳镇率领家人躲进王屋山归隐避难，后来才出山。而柳宗元的母亲出身于范阳卢氏，说起来也曾经是北朝时期非常顶级的名门望族。但在进入唐朝之后，范阳卢氏逐渐被打压，家道没落。名门望族间的联姻在盛时是进一步巩固势力的手段，而在衰时，却是大厦倾倒，一损俱损。

公元 773 年，柳宗元生于京城长安。父亲长期在外为官，因此他自幼便在母亲卢氏的教育下勤学苦读。九岁时，遭逢建中之乱。所谓建中之乱，是当时的成德节度使李宝臣死后传位给儿子，结果唐德宗不允，想要趁此削弱藩镇势力，结果引起了各地藩镇叛乱。唐德宗逃出长安，顿时祸乱四起。十二岁时，柳宗元一家搬到了父亲柳镇当时的任所夏口，也就是武汉。这是他作为普通老百姓，第一次切身感受到这个时代的残酷。随后，他跟着父亲四处漂泊游历。

父亲柳镇一辈子起起落落，只做到了宦海微末。他和卢氏一共生下三个孩子，两个女儿一个儿子。这些年，他陆续为两个女儿找到了合适的婆家，博陵崔氏和河东裴氏。已经快熬不动了，他想。他不止一次地拍着柳宗元的肩膀说道："家族之兴衰，在你。"所以，在往后无数个日子里，柳宗元都会想起父亲的话。他曾写道："柳族之分，在北为高。充于史氏，世相重侯。"（《故大理评事柳君墓志》）然而，"五六从以来，无为朝士者"。（《与杨京兆凭书》）生在没落的望族，是不幸也是幸。对无志者，那是招摇撞骗的门面，而对有志者，那是天道酬勤的奖励。而柳宗元，显然属于后者。

凌云入海

公元 793 年，二十一岁的柳宗元进士及第，声名大振。有句话叫"三十老明经，五十少进士"，意思是在古代参加科举，三十岁考中明经算年纪大，而五十岁考中进士还算年纪小的。而柳宗元才二十岁出头，可以说是天纵之才。等了那么久的柳氏家族，终于等到了希望。

在同科之中，有个叫刘禹锡的青年，与柳宗元志趣相投，于是二人结为好友。刘禹锡大他一岁，为人豪放，性情洒脱，和柳宗元截然不同。两人都正值风华正茂，约定了以后进入仕途要共同进步。这就是柳宗元和刘禹锡最初的相逢相识，那时壮志凌云的青年谁也没有想到，未来跌宕起伏的人生中，他们会成为彼此的依靠。

也是在这一年，柳镇去世，柳宗元回家守丧。这是他第一次经历失去至亲之痛，柳宗元只觉心如刀割，却不知寸寸余生都将受此煎熬。二十四岁时，他娶了门当户对的杨氏为妻，满心盼望白头相守，可不久后杨氏病逝，他又失爱。

这个时期，他一方面失去至亲，饱受离别苦痛，另一方面，他的人生却真真切切地走在飞速上升的快车道上。二十四岁任秘书省校书郎，二十六岁通过了博学宏词科考试，授集贤殿书院正字，官阶九品上，二十九岁任蓝田尉，三十一岁升监察御史。后来柳宗元受到身居要津的王叔文等人的赏识，被提拔为礼部员外郎。

公元 805 年，唐德宗驾崩，唐顺宗即位。这位新皇帝针对自唐玄宗后期存在的宦官专权，以及安史之乱后愈演愈烈的藩镇割据两大问题，开始了大刀阔斧的改革。他起用以王伾、王叔文为首的一批年轻官员，试图加强中央集权。同时，刘禹锡、柳宗元、程异、凌准等人，也逐渐成为这个革新派的成员。一场试图改变整个大唐颓势的革新运动，就在这一年拉开了序幕。那一年柳宗元三十三岁，仕途看起来是一片光明。年少成名，踌躇满志。"一时皆慕与之交，诸公要人争欲令出我门下，交口荐誉之。"（《柳子厚墓志铭》）

刚上位，他们便全力出击，先是罢宫市五坊使，打击鱼肉百姓的宦官；接着取消进奉，断绝各地节度使搜刮民脂民膏以贿赂中央的行为。然而，改革还没有进行多久，唐顺宗就因中风不能亲政，宦官和宠妃趁机从中作梗，开始反扑。他们拥立李纯为太子，唐顺宗被迫禅让帝位，于是唐宪宗即位。这一变，风向逆转，宪宗开始打压革新派，一干人等轻则被贬，重则赐死。这就是历史上仅持续了一百多天的永贞革新。而王伾、王叔文以及柳宗元、刘禹锡等人相继被贬，史称"二王八司马"。

柳宗元对这段时间的状况是这么描述的："交游解散，羞与为戚，生平向慕，毁书灭迹。"（《答问》）每次想到这里，都觉得一切发生得太快，让人无法看清。不久前，他还是光耀门楣的凌云才俊，然而不过几个月间，却跌入万丈深渊，废为囚籍，世人避而远之。而之后的人生里，等着他的尽是无望。

跌落深渊

公元 805 年，柳宗元被贬到永州。永州距离长安大约一千二百公里，这是什么概念呢？坐高铁需要九小时二十三分钟，自驾至少十三小时。而在一千多年前的中唐，这段路柳宗元走了三个月。唐代从长安到湖南的主流路线是：步行或乘马车前往陕南，经汉水到达武汉，过洞庭湖后再经湘江，再前往湖南各地。柳宗元一开始被贬邵阳，在途中又改为更偏远的永州。

经过一番折腾，这一年初冬，柳宗元带着一家老小来到永州。他满心想着，运气运转一时捉摸不定，但只要家族在，气就在，运会再来。可偏偏造化弄人，在他拖家带口来到永州的第二年，母亲去世。而在接下来的十几年里，柳宗元又陆续失去众多亲朋好友。

简单整理了一下柳宗元在这些年为故去的亲友写的墓志铭：《先太夫人河东县太君归祔志》《叔妣吴郡陆氏夫人志文》《万年县丞柳君墓志》《亡妻弘农杨氏志》《伯祖妣赵郡李夫人墓志铭》《亡姊前京兆府参军裴君夫人墓志》《亡姑渭南县尉陈君夫人权厝志》。写的祭文：《祭六伯母文》《祭独孤氏丈母文》《祭从兄文》《祭弟宗直文》《祭姊夫崔使君简文》《又祭崔简旅櫬归上都文》《祭崔氏外甥文》《祭崔氏外甥女文》《祭外甥崔骈文》……母亲、姐姐、姑姑、叔母、兄弟、姐夫、外甥，从老到小，亲朋凋落，孤雁悲鸣。此时的柳宗元，不再是那个在欢笑中长大的世家子弟，也不再是意气风发的凌云才俊，牙齿掉光，头发稀疏，形容枯槁，仿佛一夜之间苍老百岁。

我们上学的时候都知道柳宗元的《永州八记》，还学过其中的《小石潭记》：

> 从小丘西行百二十步，隔篁竹，闻水声，如鸣珮环，心乐之。伐竹取道，下见小潭，水尤清冽。全石以为底，近岸，卷石底以出，为坻，为屿，为嵁，为岩。青树翠蔓，蒙络摇缀，参差披拂。
>
> 潭中鱼可百许头，皆若空游无所依。日光下澈，影布石上。佁然不动，俶尔远逝，往来翕忽。似与游者相乐。
>
> 潭西南而望，斗折蛇行，明灭可见。其岸势犬牙差

互，不可知其源。

坐潭上，四面竹树环合，寂寥无人，凄神寒骨，悄怆幽邃。以其境过清，不可久居，乃记之而去。

同游者：吴武陵，龚古，余弟宗玄。隶而从者，崔氏二小生，曰恕己，曰奉壹。

我曾经特意跑到永州，看着如今的小石潭，试图去想象柳宗元是怀着怎样的心情，竟然会觉得一池潭水"凄神寒骨，悄怆幽邃""不可久居"，去了之后发现不过如此。但直到后来，我把这段历史对照着读了又读，才发现了其中的细节。这篇游记的最后，柳宗元特意提了一下同行的人：吴武陵、龚古，是他的朋友，柳宗玄是他的堂弟。"隶而从者，崔氏二小生，曰恕己，曰奉壹。"同辈人一同出游叫同游，"隶而从者"，意思是还带了两个姓崔的年轻小辈跟着。这两人是谁呢？我猜想应该就是柳宗元的大姐和大姐夫崔简的孩子，柳宗元的外甥。柳宗元只有两个亲姐姐，但命运都非常坎坷。大姐早逝，留下一堆孩子需要照顾。大姐夫崔简仕途不顺，几经起伏。他后来被任命为永州刺史，本想着可以来永州和柳宗元一家团聚，结果犯了事，被流放驩州，死于当地。后来他的灵柩被暂时安置在了永州，崔氏一家人也终于有机会和柳宗元相聚。如果这么想的话，就完全可以理解，柳宗元当时在潭前凝神端坐却心有寒意的心境了。

我一直觉得柳宗元的《江雪》写的是古代最孤独的事。而这首诗，也是在永州期间所写。

千山鸟飞绝，万径人踪灭。

孤舟蓑笠翁，独钓寒江雪。

这种孤独是一种极为深沉的孤独，不是生来一无所有的孤独，而是经历了从有到无、由盛转衰的彻底的孤独。千山本来有鸟，但鸟却飞绝；万径本应有人，但人迹全无。柳宗元在另一篇文章中写了自己风光时和落魄时的不同："吾在京都时，好以文宠后辈，后辈由吾文知名者，亦为不少焉。自遭斥逐禁锢，益为轻薄小儿哗嚣，群朋增饰无状，当途人率谓仆垢污重厚，举将去而远之。"（《答贡士廖有方论文书》）这种孤独不仅是在写失去，还在讲失去背后的因缘。所以，万籁俱静，江雪独钓，他钓的会是什么呢？一眼万年，往事走马：少年峥嵘，壮年翱翔天际，四海为朋。眨眼霹雳惊雷，羽翼全无，亲朋尽丧。到如今，坠落这清江孤影。能钓什么呢？钓（吊）至亲，钓（吊）至爱，钓（吊）至交。

从另一种角度想，"失"的反面也可能是新的"得"。回头来看，被贬永州十年，也是柳宗元创作的高峰期。他一生创作六百多篇诗文，有一半多写于永州。班门弄斧、掉以轻心、垂涎三尺、黔驴技穷，这些成语都出自柳宗元的文章。粗略统计，他为汉语创造了近八十个成语。柳宗元最大的贡献，是为永州带来了文化的火种。当时有句话叫："衡湘以南为进士者，皆以子厚为师。"根据《湖南通志》记载，唐朝湖南共有进士二十九人，其中永州占十人。而就在柳宗元离开永州的十三年后，一个叫李郃的年轻人，成为了湖南历史上第一个状元。

公元815年，柳宗元被贬为柳州刺史。我们现在都知道"柳柳州"的大名，这是因为柳宗元在柳州做了太多切切实实的好事，柳州老百姓口口相传，延续至今。在那里，他兴办学堂，开凿水井，大搞工程建设，把原来的荒地变成能够耕种的土地，让老百姓不再忍受饥饿。作为父母官，他大胆提倡移风易俗。当时柳州有一种残酷的风俗，"以男女质钱，约不时赎，子本相侔，则沦为奴婢"。柳宗元发布政令，"革其乡法"，使得那些沦为奴婢者可出钱赎回。自此，那些妻离子散的贫苦百姓得以团聚。

公元819年，唐宪宗在裴度的说服下，终于召柳宗元回京。而也是这一年，柳宗元在孤寂之中闭上了双眼，终年四十七岁。他有恨，有憾，有泪、有不平，生前他一遍遍在诗中写道：

> 去国魂已远，怀人泪空垂。
> 孤生易为感，失路少所宜。（《南涧中题》节选）

> 谪居安所习，稍厌从纷扰。
> 生同胥靡遗，寿比彭铿夭。
> 蹇连困颠踣，愚蒙怯幽眇。
> 非令亲爱疏，谁使心神悄。（《与崔策登西山》节选）

> 惩咎愆以本始兮，孰非余心之所求？处卑污以闵世兮，固前志之为尤。始予学而观古兮，怪今昔之异谋。……幸余死之已缓兮，完形躯之既多。苟余齿之有惩兮，蹈前烈而不颇。死蛮夷固吾所兮，虽显宠其焉加？配大中以为偶兮，谅天命之谓何！（《惩咎赋》节选）

世人皆知柳柳州仁义，却忘了他迎风立雪，寒江独钓，用一生演绎才子挽歌。我恍惚觉得，那雪下得震耳欲聋。

自古逢秋悲寂寥，我言秋日胜春朝。
晴空一鹤排云上，便引诗情到碧霄。

刘禹锡

风雪千山渡尽后，再作春歌

柳宗元被贬到了永州，刘禹锡则去了朗州。知交有的被赐死，有的被贬荒地，按理说他应该低谷落寞，生气全无，可就是在这时，刘禹锡那首《秋词》横空出世：

自古逢秋悲寂寥，我言秋日胜春朝。
晴空一鹤排云上，便引诗情到碧霄。

绝不言败，虎落平阳便为鹤，这是何等的豪气。所以你看刘禹锡，极大的逆境恰恰衬托出他的乐观开朗，越是逆境越要振作。所有人都说秋天寂寥，他却偏要赞美秋天。"晴空一鹤排云上"，意境壮丽、清朗俊逸；"便引诗情到碧霄"，凌云而上，有画面，有动作，以飞天之鹤的"实"牵动了壮阔诗情的"虚"，情景一下子从秋叶落地到了九霄碧天，所以才可贵难得。

公元 815 年，当年被贬的几人一起奉诏回京，柳宗元从永州出发，刘禹锡从朗州出发。此次回京，是他们的转机。当柳宗元再入长安时甚至感慨写道：

十一年前南渡客，四千里外北归人。
诏书许逐阳和至，驿路开花处处新。(《诏追赴都二月至灞亭上》)

而刘禹锡则更为扬眉吐气，写下了《元和十年自朗州至京戏赠看花诸君子》：

紫陌红尘拂面来，无人不道看花回。

玄都观里桃千树，尽是刘郎去后栽。

　　然而一切令人始料未及，仅一个多月，两人又被贬到更加偏远的地方。柳宗元被贬广西柳州，而刘禹锡也因为这首诗刺痛了当权者，被贬到更加荒凉的贵州播州。因为刘禹锡还有高龄的老母亲要照顾，柳宗元便替他求情，希望两人能调换一下。而彼时的柳宗元其实在永州期间已经经历了众多至亲的去世，实乃天地一孤翁。想必那时，他已经彻底心如死灰了，只想着能救一个是一个。最后，刘禹锡被贬广东连州。

　　这时，两人一同从长安出发南下，到了衡阳不得不分别。经历了这一遭，两个人都发自内心地觉得累了，疲了，乏了，倦了。此刻柳宗元写道：

　　　　二十年来万事同，今朝岐路忽西东。
　　　　皇恩若许归田去，晚岁当为邻舍翁。（《重别梦得》）

而刘禹锡则答道：

　　　　弱冠同怀长者忧，临岐回想尽悠悠。
　　　　耦耕若便遗身老，黄发相看万事休。（《重答柳柳州》）

　　两人就这么一首一首地互相诉说着，一共写了六首，感人至深。想想刘禹锡和柳宗元，当年意气风发少年郎，一同登科，名扬天下，如今人至中年，打点行装，步入烟尘，从此只有风雪千山，令人感慨。只有到了那一刻你才会发现，所有曾经浮华泡影，不过梦幻一场。最终，当一切都烟消云散，人的执着只能浓缩为一个极其朴素的梦想：皇恩若许归田去，晚岁当为邻舍翁。

公元 819 年，刘禹锡年近九十岁的母亲寿终正寝，他离开连州回家丁忧。当路过衡阳的时候，他收到了柳宗元病逝的消息。那一刻，他终于再也无法用乐观和坚强撑着自己，大声哭号，如得狂病。

> 忆昔与故人，湘江岸头别。
> 我马映林嘶，君帆转山灭。
> 马嘶循古道，帆灭如流电。
> 千里江蓠春，故人今不见。（《重至衡阳伤柳仪曹》）

衡阳，是他们上次分别的地方。那时，他们还笑着说以后退休了当邻居。谁也没想到，那竟然是最后一面。"南望桂水，哭我故人""终我此生，无相见矣"，刘禹锡在撕心裂肺地哭号后，写下了这样的话。再后来，他默默抚养了柳宗元遗孤，并将柳宗元的诗文整理成集，流传于世，柳子厚之名才没有淹没于历史之中。

病树迎春

柳宗元死后，刘禹锡彻底想开了。他仍然被贬，四处漂泊。去了重庆夔州，后来又去了安徽和州。

在和州，他只是一名小小的通判。按规定，通判应在县衙里住三间三厢的房子。当地的知县故意刁难他，把他安排在城南面江而居，他却笑着接受，然后在门上写下两句话："面对大江观白帆，身在和州思争辩。"

和州知县知道后暴跳如雷，吩咐差役把他的住处从县城南门迁到北门，面积由原来的三间减少到一间半。新居靠河，风景还不错，他又在门上写了两句话："垂柳青青江水边，人在历阳心在京。"

最后那位知县派人把他调到县城中部，而且只给了一间能容下一床、一桌、一椅的小屋。半年时间，对方一而再再而三地刁难，刘禹锡终于忍不住，于是写下了这篇名扬千古的《陋室铭》，并请人刻上石碑，立在门前。

> 山不在高，有仙则名。水不在深，有龙则灵。斯是陋室，惟吾德馨。苔痕上阶绿，草色入帘青。谈笑有鸿儒，往来无白丁。可以调素琴，阅金经。无丝竹之乱耳，无案牍之劳形。南阳诸葛庐，西蜀子云亭。孔子云：何陋之有？

"绝不气馁，一定要乐观。"他默默对自己说道。他就是靠着这个信念一路过关斩将，大步流星。

公元 827 年，他在北上洛阳时偶遇了白居易，两人相见甚欢，把酒高歌。刘禹锡恍惚间想起了昔日，他和柳宗元、韩愈也是这么喝酒，可如今物是人非。感慨之际，他写下了那首《酬乐天扬州初逢席上见赠》：

> 巴山楚水凄凉地，二十三年弃置身。
> 怀旧空吟闻笛赋，到乡翻似烂柯人。
> 沉舟侧畔千帆过，病树前头万木春。

今日听君歌一曲，暂凭杯酒长精神。

　　《秋词》是刘禹锡最初被贬时所写，而这首《酬乐天扬州初逢席上见赠》恰恰是结束贬谪生涯时所写，从公元805年被贬，再到公元827年赴任东都尚书省，二十三年间悲苦交加。巴山楚水指的是被贬之地，这些年他陆续被贬朗州、连州、夔州、和州等地，从湖南贬到广东，又从广东贬到重庆，再从重庆贬到安徽，离京时他三十三岁，再回首他已经五十六岁。人生最好的年纪，他却一直在被贬的路上。命运以痛吻他，他却报之以歌。柳宗元去世，他便照顾遗孤，整理遗稿；被贬重庆，他便高歌"东边日出西边雨，道是无晴却有晴"。所以你再去看，"沉舟侧畔千帆过，病树前头万木春"这样的句子，不是盲目的乐观，也不是打鸡血。对于同样一直被贬的白居易，刘禹锡懂得。白居易说："你很惨，我真替你不值。"而刘禹锡只是微微一笑回应道："没关系，我们继续往前，走走看。春天会来的。"三十岁的刘禹锡面对挫折是晴空一鹤的潇洒壮阔，五十岁的刘禹锡阅尽千帆，乐观不改，但这乐观的背后却多了许多深沉。"暂凭杯酒长精神"，都说苦尽甘来，但恰恰是这个"暂"字道明了甘甜虽好，但苦却仍有余味。但愿它不来，又怕它再来。所以，经历了这一生的无常，人到底该如何自处？有的人垂头丧气、一蹶不振，有的人寻欢作乐、自我麻痹。而刘禹锡答道："会好的，咱们先喝了这杯再说吧。"

　　公元828年，他改任主客郎中，从洛阳回到了长安，立刻又跑去了当年的玄都观，写下《再游玄都观绝句》：

百亩庭中半是苔，桃花净尽菜花开。

种桃道士归何处？前度刘郎今又来。

这一次他更加直接，把前后的因果都写在序文中，生怕人不知道。

> 余贞元二十一年为屯田员外郎，时此观中未有花木。是岁，出牧连州，寻贬朗州司马。居十年，召至京师，人人皆言有道士手植仙桃，满观如红霞，遂有前篇，以志一时之事。旋又出牧，于今十有四年，复为主客郎中。重游玄都，荡然无复一树，唯兔葵燕麦动摇于春风耳。因再题二十八字，以俟后游。时大和二年三月。

这就是刘禹锡。十四年前，一切好转，却因为玄都观之诗，再次得罪权贵，被贬荒地，经历至亲至交的离世，自己几经周折漂泊；而十四年后，他又带着挫不败的勇气杀了回来。此刻，他头发斑白，身躯佝偻，不复从前。站在玄都观之中，片片桃花随风而逝，他仰着头，望着城楼，凝目，久久不语，神情像个打了胜仗的将军。这一次，他真的赢了。

晚年，刘禹锡生活在洛阳，和白居易、裴度等人一起诗酒唱和。五十六岁之前的刘禹锡，独吞苦水，亲朋尽丧，却从不曾低头；五十六岁之后，人生逆转，他歌颂山水，游戏世间。也许人们会说他半生受苦，终于得意，他却笑而不语。端着酒杯，看着白居易，他双眼模糊，梦回少年光景，凭空问道："子厚、退之，如今你们可好？"

锦瑟无端五十弦，一弦一柱思华年。
庄生晓梦迷蝴蝶，望帝春心托杜鹃。
沧海月明珠有泪，蓝田日暖玉生烟。
此情可待成追忆，只是当时已惘然。

良辰未必有佳期

李商隐

"冷门诗人"李商隐到底有多厉害？如果你去翻一下古代文学史的教材目录，你就会发现，唐代能独自成章的诗人只有三个——李白、杜甫以及李商隐。有诗话记载，晚年白居易看了当时还年轻的李商隐的诗文后，居然说："来生我愿当你的儿子。"清代学者评价，李、杜之后，"能别开生路，自成一家者，唯李义山一人"。因为以前大家都是不爱写爱情的，觉得太小家子气。李白写自我，王维写自然，杜甫写天下，白居易写生活，而李商隐写爱情。他的独特之处恰恰就在于，他的爱情诗看起来如梦似幻，千百年来的人们读完以后，会下意识认为这是在讲很强烈的爱情，但又转念一想："只是在写爱情吗？是不是我把问题想得太简单了？他一定还在讲别的什么更深奥的东西。"于是让人猜来猜去、捉摸不透，这就是李商隐的厉害之处。

心有灵犀

李商隐出身官宦之家，九岁丧父，与母亲相依为命，尝尽清贫之苦。他是家里的长子，要背负振兴家族的重任。在上学的时候，他就经常帮别人抄书挣生活费来贴补家用。这种责任感使他慢慢形成了那种敏感却又隐忍的性格。

后来，家里人送他上山学道，这其实也是当时的一个风气，很多人，包括大唐的公主也会进山入道。李商隐在玉阳山学道时正是情窦初开的年纪，不知不觉喜欢上了同样在那里修道的宋华阳，后来还给她写过诗表达爱意，但可惜，他只是单相思。

再后来，他把重心转移到科举上，又因为才华结识了令狐楚，拜入他门下。令狐楚是朝廷的高官，非常器重李商隐，将自己颇为得意的骈文技法倾囊相授，甚至不管去哪里都带着李商隐，几乎把他当儿子看待。李商隐和令狐楚的亲儿子令狐绹的关系也非常亲密，可以说是情同手足。几年后，经过他的努力以及令狐绹的帮助，他得中进士。

不久后，令狐楚去世。公元 838 年春，李商隐在料理完恩师丧事之后，受泾原节度使王茂元之邀做了他的幕僚。在这段时间，他喜欢上了王茂元之女王晏媄。

李商隐有首非常著名的《无题》，据说就是在此期间所写：

昨夜星辰昨夜风，画楼西畔桂堂东。
身无彩凤双飞翼，心有灵犀一点通。
隔座送钩春酒暖，分曹射覆蜡灯红。
嗟余听鼓应官去，走马兰台类转蓬。

迎娶王晏媄这件事是他一生的浪漫，也是他一生蹉跎的起点。只因为王茂元和令狐楚恰好分属当时对立的牛李二党，而李商隐一生悲剧皆因身陷牛李党争。

所谓牛李党争，是指唐朝后期以牛僧孺为首的牛党和以李德裕为首的李党之间的争斗，从唐宪宗时期开始到唐宣宗时期结束，持续近四十年。李商隐的恩师令狐楚属于牛党，他的岳父王茂元则属于李党。对于求娶政敌之女一事，尽管他极力解释，换来的却是挚友令狐绹的"此人不堪"的评价，并且从此与他成为仇敌。

很快，李商隐也为自己的这个行为付出了代价。在唐代，士人在获得进士资格后不会被立即授予官职，还需要参加吏部的考试，而他在这次考试中被除名，直到一年后才顺利通过，官授秘书省校书郎。当时正是李党得势之时，别人都以为他会趁此高升，但实际上，岳父王茂元并不曾利用自己的影响力为他谋利，他这几年仕途只能算普通。公元 843 年，王茂元去世，李商隐在政治上彻底失去了依靠。他和王晏媄虽然恩爱，但生活却逐渐陷入穷困潦倒的地步。

乌鹊失栖

有时非常感慨，成为诗人的妻子，是一种幸福也是一种不幸。诗人内心温柔，才华横溢，谁会不喜欢呢？但聚少离多，生活苦涩，个中滋味只有自己明白。元稹在妻子死后才惊觉贫贱夫妻百事哀，李商隐和王晏媄也不能幸免。

李商隐有一首《夜雨寄北》我们都很熟悉，这是他写给妻子的诗。很多人以为这首诗是李商隐在他们分别时所写，但如果捋一下时间线，就会发现这其实是一首悼亡诗。

公元 849 年，长期不受重用的李商隐终于等来了一个机会，他受到武宁军节度使卢弘正的邀请，前往徐州。可是不过一年多，卢弘正去世，李商隐又不得不重新返回长安。等他赶回家中才发现，妻子在不久前去世了。那个瞬间，李商隐仿佛失去了全世界。他在悼亡诗《房中曲》中写道："忆得前年春,未语含悲辛。归来已不见,锦瑟长于人。"想起前年春天,你从不曾说你辛苦。如今我归来,只剩我们当时一起弹奏的锦瑟独存。

公元 851 年秋天,也就是在失去王晏媄几个月后,西川节度使柳仲郢向李商隐发出了邀请。妻子已去,留下的儿女还要靠他养活,他只能继续赶路。这件事被他写在《赴职梓潼留别畏之员外同年》里:

> 佳兆联翩遇凤凰,雕文羽帐紫金床。
> 桂花香处同高第,柿叶翻时独悼亡。
> 乌鹊失栖长不定,鸳鸯何事自相将。
> 京华庸蜀三千里,送到咸阳见夕阳。

畏之是李商隐的好友韩瞻的字,他们既是同榜进士,又都是王茂元的女婿。王晏媄去世,对他们来说都是失去了重要的人。所以李商隐辞别长安时,把一双儿女托付给了韩瞻夫妇,之后便独自前往川蜀。

在巴蜀,他过得并不开心,常常郁郁寡欢,甚至一度动了出家为僧的念头。以前执着的功名和成就,突然就变得轻如鸿毛,失去意义。终于在一个雨夜,他写下了那首《夜雨寄北》:

> 君问归期未有期,巴山夜雨涨秋池。
> 何当共剪西窗烛,却话巴山夜雨时。

我现在身在巴蜀,夜里下起了雨。突然想起,你曾经问我什么时候回去，我当时只说还不确定归期。这么想着时，窗外风雨潇潇，转眼一夜漫过了秋池。什么时候我们能再度共剪红烛，聊一聊此刻巴山夜雨中我对你的思念呢？什么时候呢？他的答案没有说出来，是因为知道今生已经不可能。如果这样理解的话，你会发现，这首诗不仅实现了时间的跨越，也实现了生死的跨越。两句"巴山夜雨"处于不同的时空，写诗时正是巴山夜雨，想起再聊巴山夜雨则是发生在未来，这样分别对应了现在时和未来时。而"君问归期未有期"这是发生在生时，"何当共剪西窗烛"这是发生在死后。借由这首诗，李商隐最终完成了时空和生死的穿越，达成了和妻子王晏媄的对话。

因为不受重用，李商隐这些年来东奔西走，和王晏媄聚少离多，所以，她不知道说了多少次"你什么时候回来呀"？而李商隐也不知道多少次这么回应她："我也不清楚，但我想快了，快了。"这是夫妻之间再寻常不过的对话。王晏媄去世时，李商隐仍然在路上。没能见所爱之人最后一面，这是一种深沉刻骨的遗憾。所以我坚信，以李商隐缠绵悱恻的风格来看，这首诗兜兜转转，却一直没有说出的谜底就是："今生相约，来世相见。不要走太快，请等一等我。"

曲终人散

公元 855 年，柳仲郢被调回京城。出于照顾，他给李商隐安排了一个盐铁推官的职位，油水丰厚。但此时已是李商隐人生的最后几年，他早看淡了这一切。最终，他将自己全部的心血汇聚成了一首诗。公元 858 年，他在故乡郑州去世。

而他留下来的那首诗，名字叫《锦瑟》：

> 锦瑟无端五十弦，一弦一柱思华年。
>
> 庄生晓梦迷蝴蝶，望帝春心托杜鹃。
>
> 沧海月明珠有泪，蓝田日暖玉生烟。
>
> 此情可待成追忆，只是当时已惘然。

这首诗堪称古代最难懂的诗之一。我想，正是因为他把自己一生的苦涩爱恨都藏了进去，这是他留在人世间的自白。

"锦瑟无端五十弦，一弦一柱思华年。"这里的"五十弦"出自《史记·封禅书》，里面讲了这么个小故事：太帝派素女弹奏五十弦瑟，因为太过悲伤，太帝听着泪流不止，所以下令"破其瑟为二十五弦"。我们常见的弦乐器也就四弦、五弦、七弦，但锦瑟偏偏有五十弦，这是为什么？"无端"的意思就是，无缘无故，天生如此。有些人生来就是比别人更加敏感多情，大家都说放下吧放下吧，但有些人就是放不下。所以这份多出来的情（弦），要一弦一弦追思华年。而锦瑟这个意象，恰恰也曾出现在他当年写给妻子王晏媄的悼亡诗中："忆得前年春，未语含悲辛。归来已不见，锦瑟长于人。"

"庄生晓梦迷蝴蝶，望帝春心托杜鹃。"庄生梦蝶出自《庄子·齐物论》，讲的是庄周梦见自己变成了蝴蝶翩翩飞舞，等梦醒之后发现自己还是庄周。于是庄周思考："不知周之梦为蝴蝶与？蝴蝶之梦为周与？"到底是我变成了蝴蝶，还是蝴蝶变成了我？这是原本的典故，但李商隐这里重新诠释了它的内涵，"晓梦迷蝴蝶"，破晓时分的梦，也就是处在梦境与现实的交界处，一切似真似假。美丽梦幻即将破灭，我却仍然痴迷不舍。越到破晓越是迷恋，这背后的潜台词其实是，我知道这终究是一场梦一场空，但我还是忍不住入迷。是不是在说，我知道人生终究会面对生离死别，我也知道如今一切都已成空，但我还是忍不住想你。

紧接着，"望帝杜鹃"出自《华阳国志·蜀志》，讲的是商周时期古蜀国的国王望帝，年轻时统治有方，后来禅让隐居西山。相传他晚年深陷悲愤之中，于是去世后化为杜鹃鸟哀声啼哭。李商隐同样借用了这个典故，又突破了这个典故。望帝是在讲一种耿耿于怀，但它是一种"晚景"，李商隐却用"春心"这种富有朝气的词来形成一组反差。他曾在其他诗里写道："春心莫共花争发，一寸相思一寸灰。"春心莫争，因为结局是相思成灰。所以他明明知道"春心"的结局，却仍然要"托杜鹃"。其实和前面的晓梦迷蝴蝶是同样的含义，纵使知道结局注定，但我仍要至死不渝。

从第一句的天生多情追思，到第二句的痴迷不休，再到第三句，李商隐又翻出一层意思。"沧海月明珠有泪，蓝田日暖玉生烟。"珠有泪，出自《博物志》："南海外有鲛人，水居如鱼，不废织绩，其眼能泣珠。"蓝田则是指当时长安附近的蓝田山，因盛产玉而闻名。所谓玉生烟，指的是美玉在阳光的照耀下会蒙上一层朦胧的青烟。一个是沧海月明，一个是蓝田日暖，一个是明媚的夜晚，一个是温暖的白天，都是很美好的场景，然而接的却是"珠有泪""玉生烟"。有泪代表着终究是意难平，生烟意味着终究还是缥缈无依。所以之前的所有追思，最终化为了一种深深的无奈。

这样情绪一层层递进，自然而然抛出了最后那句"此情可待成追忆，只是当时已惘然"。事已至此，现在深情地追忆还有用吗？答案当然是"当时已惘然"。李商隐背信弃义，另投别门，成为王晏媄的丈夫，导致后半生不受重用，到处奔波谋生，聚少离多。妻子去世时，他都不在身边，酿成了一生的遗憾。所以，这样的悲剧，其实是他一早就种下的。当时惘然，当时是一定比此时更快乐的，但这种快乐中又透着一股终有所失的怅然，连快乐都小心翼翼，怕它消散，但又知道它注定会消散。

就是这样一个为了爱情不惜自断前程的人，偏偏天生敏感，后天经历又让他养成了隐忍不发的性格，所以才成就了他的独特。"风波不信菱枝弱，月露谁教桂叶香？直道相思了无益，未妨惆怅是清狂。"这世间一定会有人说智者不入爱河，但偏偏也有人天生"愚笨"，在看清所有得失代价之后仍然义无反顾。世人笑他笨，殊不知，他才是真正的英雄。

李煜

梦里不知身是客，一晌贪欢

独自莫凭栏，无限江山。

别时容易见时难。

流水落花春去也，天上人间。

李煜，中国文学史中非常独特的一位诗人。他是落魄的南唐后主，也代表了晚唐五代词的最高成就。他前半生纸醉金迷，后半生痛苦万分，身上还有个抹不去的烙印——亡国之君，但在词的世界里，他重获尊严。

我在初中阶段特别迷恋李煜的词，比如"林花谢了春红，太匆匆。常恨朝来寒雨晚来风"，还有"无言独上西楼，月如钩。寂寞梧桐深院，锁清秋"。当时流行抄歌词，全年级的女孩几乎每人都拥有一个歌词本，我也会在歌词本里抄几句李煜的词。只是十二三岁的孩子怎么会懂什么叫"人生长恨水长东"呢？只不过觉得又美又押韵而已。这样的词句，于当时的我来说，实属"为赋新词强说愁"，于李煜，却是生命最真实的泣血体验。后来在读大学时，一场发生在个体上的审美流变渐渐蔓延开来，孩子开始强装成熟，标榜起克制和朴素，不喜欢一切看似华丽的事物，李煜也在那个阶段远离了我。

三十岁后再读李煜，混杂着他那些淌着血水的生命体验，有一瞬间我认为他是那么纯真。他无意崇高，就一遍遍吟唱着私人化的内心感受。尤其是那首《破阵子》，它是我心里自古至今无可超越的赤诚之作：

> 四十年来家国，三千里地山河。凤阁龙楼连霄汉，玉树琼枝作烟萝，几曾识干戈？

一旦归为臣虏，沈腰潘鬓消磨。最是仓皇辞庙日，教坊犹奏别离歌，垂泪对宫娥。

这首词作于李煜亡国之际，当时宋军给了他很短的时间收拾家当细软，去供奉着祖先的太庙辞别。流连脚下的这片土地，曾经连至云霄的琼楼玉宇、纷繁靡丽的葳蕤草木是最真实的故国记忆。"几曾识干戈？"他想，我又什么时候见识过这等铁马冰河的阵仗呢？"一旦归为臣虏，沈腰潘鬓消磨"，初次读到这句我没忍住笑了出来。被人俘虏后折损最多的是什么？李后主认为是他的"沈腰潘鬓"。他担心自己容颜日渐颓势，不复往昔潇洒。这简直真实可爱，历史上恐怕再没有敢这么说的皇帝了吧？

接下来，饱受争议的一句出现了。"最是仓皇辞庙日，教坊犹奏别离歌，垂泪对宫娥。"一句"垂泪对宫娥"，引来一片骂声。苏轼在《书李主词》中写："后主既为樊若水所卖，举国与人，故当恸哭于九庙之外，谢其民而后行，顾乃挥泪宫娥，听教坊离曲哉！"意思是：南唐后主啊，你既失国，天地恸哭，你实在应该拜谢人民，垂泪于祖先、江山社稷。好家伙，你还听着教坊奏离歌，垂泪对宫娥，实乃全无心肝啊！

后世的评论文章里对这首词更是极尽嘲讽与诟病，甚至有人以"论亡国之君"为题，对比项羽之死来批判李煜："（项羽）其悲歌慷慨，犹有喑呜叱咤之气，后主浑是养成儿女之态耳。"

王国维则对李煜评价甚高："词至李后主而眼界始大，感慨遂深，遂变伶工之词而为士大夫之词。"他甚至写出了李煜那些道不得的委屈："后主之词，真所谓'以血书者'也。宋道君皇帝《燕山亭》词亦略似之。然道君不过自道身世之感，后主则俨有释迦、基督担荷人类罪恶之意，其大小固不同矣。"

李煜用自己生命中的痛觉将词由民间之曲变为庙堂之音，使得之后世世代代的写作者在作品中糅合了更多自我，文学的生命也因此不失其真。对文学作品的评价，无论哪个年代都无法脱离政治体系，李煜的作品也因此尤为坦然珍贵。

因为释迦牟尼、基督历难而后成神，接受千千万万顶礼膜拜，就理应由他们来承担全人类的罪恶吗？人性中有多少伪善、附和，李煜所承受的千古骂名中，就有多少犹如神担荷人类之罪的委屈。

"主观之诗人，不必多阅世，阅事愈浅，则性情愈真，李后主是也。"痛别故国之时，垂泪对江山社稷、列祖列宗，无疑是那一时刻更加稳妥的做法，纵使失国已成定局，这样做也能保全贞烈忠义的名头，不至落得后世口舌。对于其他君王而言，宫娥可能只是时代震动中的一粒无名微尘，但对于从小到大都"生于深宫之中，长于妇人之手"的李后主来说，那些宫娥确似亲人般熟悉和具体，此刻作别她们，岂能对真正的心肝与情感熟视无睹，只念宏伟之词？我亦认同李煜之真，不论这"真"是阅尽世事之真，还是不谙世事之真。"词人者，不失其赤子之心者也"，我举双手赞同。

李煜流传后世的词作只有三十多首，在读这些词之前，最好能先了解他的生活。他的一生，是极富戏剧性的一生，如此遭逢，如此身世，也便如此"以血书己词"。

花月正春风

李煜出生于公元 937 年的七月初七，这一年，他的爷爷李昪在金陵称帝，建立南唐国。五代十国时期政局动荡、山河破碎，唯独有两个南方国家过得比较好，一个是西蜀，另一个就是南唐。诗词歌赋在这里能够拥有良好的发育温床，而李煜作为小皇孙，更是集万千宠爱于一身。

李煜七岁时，爷爷李昪去世，父亲李璟继位，史称南唐中主。李璟对于政治和权力的热爱远不及文学艺术，他一生只留下了五首词，却尽是千古名句，像"小楼吹彻玉笙寒""丁香空结雨中愁"都出自他手。李煜最初的文学启蒙，大都来源于此。

李煜在家中男孩里排行第六，按理说是没机会当那个倒霉皇帝的，比他更想继承皇位的大有人在，然而不知什么原因，他的四位兄长都过早夭折，只剩长兄李弘冀。李弘冀早就对皇位虎视眈眈，李璟之后由他即位倒也是顺理成章。然而他为人专制蛮横又异常毒辣，弄得李璟很是不满，就威胁他说，再这样胡作非为下去就废了他的太子位置，让自己的弟弟晋王李景遂继承皇位。善妒如李弘冀，一转身就毒死了自己的亲叔叔。史书记载李煜"一目重瞳"，也就是有一只眼睛拥有两个瞳孔，相传舜帝也是重瞳，古人认为这种面相是天命使然，绝非常人。所谓君权神授，李弘冀因此对李煜充满提防，又忌惮三分。

而李煜这个时候根本无心政权，只想快活地过日子。他每天吟诗作赋，饮酒泛舟。这时他写"一壶酒，一竿身，快活如侬有几人""花满渚，酒盈瓯，万顷波中得自由"，兴之所至甚至要把衣摆伸进墨汁里，然后用长襟写字。他是个天生的艺术家，在文学、音乐和绘画中，李煜找到了前所未有的快乐。

谁知公元959年，在毒死叔叔李景遂一年之后，李璟的长子李弘冀暴毙，原本排行老六的李煜猝不及防成了老大，同年被立为太子。又过了一年，赵匡胤发动陈桥兵变，取代后周，创立了宋朝。公元 961 年，李璟去世，时年二十五岁的李煜继位。这时南唐立国已二十四年，早在与后周的战争中屡屡败退，将长江以北的国土拱手相让，国运至此已是衰微，李煜从父亲手中接过那飘摇欲坠的天下。

天性柔软如他，怎么也不是能力挽狂澜的角色，宋太祖赵匡胤志在一统天下，然而李煜怎么还能做了十五年的皇帝呢？这里的戏剧性来自南唐国的地理位置和李煜委曲求全的态度。宋太祖建国之初，天下割据混乱，他忙于平定荆南、湖南、后蜀等小国，一时间无力来管南唐。同时李煜自降封号为"江南国主"，不敢称帝，又写了篇《即位上宋太祖表》，差人给赵匡胤送去，表示自己既不是做皇帝的料，也不想与大宋王朝抗衡，会永远顺从地做宋朝的属国，只求个太平。这篇文章写得确实有些丢脸，但就南唐国的实力而言也别无他法，强硬抗衡只能换来战争，那将会使百姓流离失所，亦会加速这三千里山河的湮灭。

李煜并不知道要怎样驾驭帝位，这并非他志趣所向，可作为一国之君又必须有所担负。怅惘迷茫之际，深宫、妻子、词赋、诗画，给他带来了此生最极致的温柔与欢愉。

十八岁，李煜遵从父命娶了南唐开国元老的女儿娥皇为妻，也就是后来的大周后。娥皇受过很好的教育，容貌明丽，通读史书，热爱艺术。她协音律、善书画，婚后更是与李煜琴瑟和鸣，志趣相投。如此热烈幸福的日常生活，常常让李煜忘了自己的国土尚危机四伏。一次偶然的机会，娥皇获得了自安史之乱后便流落民间的《霓裳羽衣曲》残谱，她日夜潜心修复，终于将古曲复原，并请了最好的乐师、宫娥日夜演奏。李煜遂作《玉楼春》，这是他亡国前的代表作，记录了享尽温柔的年岁里所经历的那些繁华。读完这首词，就不难理解那句"凤阁龙楼连霄汉，玉树琼枝作烟萝，几曾识干戈？"了。

晚妆初了明肌雪，春殿嫔娥鱼贯列。笙箫吹断水云间，重按霓裳歌遍彻。

临风谁更飘香屑，醉拍阑干情味切。归时休照烛花红，待踏马蹄清夜月。

相传李煜在宫中不点蜡烛，到晚上会把夜明宝珠悬挂在殿中，恍若白昼。天已向晚，在宝珠的照耀下，宫娥的肌肤被映得如雪般白皙，鱼贯列于殿堂之中。《霓裳羽衣曲》重见天日，响彻九霄。李煜还曾命人秘制过一种"帐中香"，香味缭绕馥郁，萦绕在此时的宫殿中。此刻他已迷醉，兴之所至，拍着栏杆跟着唱和。"归时休放烛花红，待踏马蹄清夜月。"宴会结束的时候不用点红烛，待我月下骑马踏遍这如水般清澈的夜。李煜擅长发掘生命中美的感受，月夜、宫娥、古曲、奇香，何等美好。

读着这首词，我的脑海中还总能浮现父辈爱听的《爱江山更爱美人》："人生短短几个秋啊，不醉不罢休，东边我的美人，西边黄河流。来呀来个酒，不醉不罢休，愁情烦事别放心头。"

若李煜不是亡国之君，没有遭逢此等绝境，今夜的景致算得上雅趣横生，比怀民与苏轼藻荇交横的清和月夜多了几分活色生香。只是有了亡国的结果，这首词当然也被冠以"富丽侈纵，哪得不失江山？"等一系列罪名。

大小周后，是李煜生命中极为重要的两位女性，在他们的故事里我看到了爱情的流动性。大周后大李煜一岁，可谓国色，上文已经交代过她的美貌与才情，李煜也为他们之间的情真意切写过蜜一样的文字与曲调：

> 晓妆初过，沉檀轻注些儿个。向人微露丁香颗，一曲清歌，暂引樱桃破。
> 罗袖裛残殷色可，杯深旋被香醪涴。绣床斜凭娇无那，烂嚼红茸，笑向檀郎唾。（《一斛珠》）

何谓淡妆浓抹总相宜？早上女子初妆毕，浅绛色唇膏轻点朱唇，微露半笑，一曲清歌，微合的双唇渐渐张开，仿若樱桃轻破。黄昏二人饮酒，轻纱罗袖的香气耳鬓厮磨后所剩无几，残存几许殷红色。杯子一次次被醇酒斟满，酒过三巡，娇憨美人斜靠在床头，嚼着红线头，迷离中笑看郎君。

亦有学者说这首词可能是为歌女所作，但我倾向认为这是为大周后所作。一是李后主与娥皇之间的柔情蜜意无须多言，二是对天子如此娇憨松弛，非妻子莫能做。这首词极尽风流，对女性的美和意乱情迷的氛围描写，放在当今文坛里也无出其右。

后来大周后病重，李煜朝夕陪伴，甚至不解衣休息，亲尝汤药喂妻子服下，然而这期间，一位神采飞扬的少女在李煜心头掀起巨大波澜。

> 花明月暗笼轻雾，今宵好向郎边去。划袜步香阶，手提金缕鞋。
> 画堂南畔见，一向偎人颤。奴为出来难，教君恣意怜。

李煜这首《菩萨蛮》记录了他与小周后的一次幽会。女孩担心走路有声响，脱下鞋子用手提着，只穿袜子轻轻走过台阶，奔赴画堂南畔的情郎，女孩又惊又怕，惹人心生怜爱。这女孩就是大周后的妹妹小周后，比姐姐小十几岁，万种风情却不减分毫。

与此同时，李煜对娥皇的陪伴与照顾依然如故，面对病榻之上的妻子他心急如焚，手书一首《后庭花破子》送给她，愿她健康起来。

> 玉树后庭前，瑶草妆镜边。去年花不老，今年月又圆。莫教偏，和月和花，天教长少年。

我们不能说此刻李煜不爱娥皇，多年的陪伴与相守变成了难舍的亲情和责任，而电光石火般的爱情，流向了"划袜步香阶"的小周后。这两种情感不能比较哪种更为深刻，但同等条件下，爱情大概是更为短暂的。

没过多久，大周后病逝，让人难过的是陆游在《南唐书》中记载："或谓后寝疾，小周后已入宫中，后偶褰幔见之，惊曰：'汝何日来？'小周后尚幼，未知嫌疑，对曰：'既数日矣。'后恚怒，至死，面不外向，故后主过哀，以掩其迹云。"

大周后死后，李煜哀痛到形销骨立，为她写下一篇两千字的悼文，署名鳏夫煜。

三年后，李煜无视众臣讽谏，执意用皇家最高礼仪迎娶小周后。

朝来寒雨晚来风

公元 971 年，赵匡胤横扫南汉，南方只剩下两个未被统一的小国，南唐便是其中一个。此时李煜任南唐后主已有十年光阴，接下来历史留给他的将是无尽的晦暗与屈辱。他根本不想当什么皇帝，更分毫不擅用兵之计，但也确实不忍看祖辈打下来的江山在自己手中沦陷。他尝试着知人善任，想让曾经壮怀激烈的三朝元老韩熙载再度出仕，便请画师暗中考察他的生活。韩熙载目睹国运衰微，早已无意江山，只求自保，不愿出仕去承担根本无望完成的历史重任，耻之为相，故以声色晦之。他故意在家放浪形骸，广蓄女乐，一片奢靡之景。

画师回朝，一幅《韩熙载夜宴图》流传千古，我们也在这时光的缝隙间，窥见历史的某个侧面。南唐内外交困，已行至山穷水尽，任谁都无力回天。

公元 974 年，赵匡胤宣诏出征南唐。南唐举国上下一片惊慌，李煜内心唯一的希望，寄托于长江的天堑阻隔。然而有位落第士子，一心想要投奔北宋，便在长江采石江流域佯装钓鱼，划着小船来回测量江面宽度，而后把测绘的地图当作见面礼献给了北宋的军队。有了这个情报，赵匡胤只用了几个月就建造了渡江工事，踏足南唐。这位士子就是樊若水，他凭借一己之力加速了南唐的崩塌。

公元 975 年，金陵已沦为孤城，李煜派大臣去开封，请求赵匡胤退兵。事已至此，没有退路。赵匡胤面对求和的使臣说出了那句话："卧榻之侧，岂容他人酣睡？"这年冬天，金陵陷落，李煜投降，南唐建国历经三十九年，至此完结。

在被押送至汴京的北上渡船之上，李煜写下《渡中江望石城泣下》：

> 江南江北旧家乡，三十年来梦一场。
>
> 吴苑宫闱今冷落，广陵台殿已荒凉。
>
> 云笼远岫愁千片，雨打归舟泪万行。
>
> 兄弟四人三百口，不堪闲坐细思量。

三十年来梦一场，不堪闲坐细思量。在面对人生的溃败时，人是很难静下来的。借酒浇愁或者随便忙点什么，为的都是停止思考，因为一分一秒的回想都是煎熬。在风雨飘摇中，李煜望着身后承载过他前半生无尽欢愉的江南泪如雨下，再看这最后一眼，家国即将变为故国。这一瞬间，他从繁华坠入苍凉。

宋太宗赵匡胤将李煜封为"违命侯"，软禁于汴京城外的村落，从此，李煜的世界再无春风吹过。《相见欢·林花谢了春红》是他此时真切的生命感受：

> 林花谢了春红，太匆匆。无奈朝来寒雨晚来风。
>
> 胭脂泪，相留醉，几时重。自是人生长恨水长东。

李煜来到汴京时值仲春，花开花谢全在一场雨，上一秒还开得烂漫，下一秒便被雨打风吹去，太匆匆！美人面对离别，涟涟不绝的泪水滑过脸上的胭脂，都是最凄艳动人的事物，人生大概就是这样吧，长留离恨如水东流。

他写《望江南》："多少恨，昨夜梦魂中。还似旧时游上苑，车如流水马如龙，花月正春风。"多少恨，都藏在昨夜的梦中，神游故国，车如流水马如龙。往事不堪回首，过去难以琢磨。

他又写《清平乐·别来春半》："别来春半，触目愁肠断。砌下落梅如雪乱，拂了一身还满。雁来音信无凭，路遥归梦难成。离恨恰如春草，更行更远还生。"怎奈回去故国的路太遥远，归梦终究是一场空，离愁别恨就像野蛮生长的春草，更行更远还生，愁绪满眼，无处排遣。

公元 976 年，赵匡胤暴毙后，其弟赵光义继位，他给李煜带来了更加难堪的一幕。据宋人王铚记载："（小周后）例随命妇入宫，每一入辄数日而出，必大泣骂后主，声闻于外，后主多宛转避之。"赵光义时常传召小周后入宫，极尽凌辱，一去就是数日，小周后每次回来都会大哭着骂李煜，而李煜只能沉默以对。

命运此时带给他的只有国破家亡，尊严丧尽，以及暗无天日的年年岁岁。他曾经有多热爱生活里的美，如今就有多觉得日子难挨，他的表情由悲难自抑，变得平静而淡漠无光。

> 窗外雨潺潺，春意阑珊。罗衾不耐五更寒。梦里不知身是客，一晌贪欢。
> 独自莫凭栏，无限江山。别时容易见时难。流水落花春去也，天上人间。（《浪淘沙令》）

这是每当我读起都为他悲伤万状的一首词，也是我心中文学史上绝望后最具平静之感的作品，一切于此刻寂灭。

春意阑珊，他在某个凌晨醒来，窗外的雨连绵不绝，色调应该是深深的蓝。此时的李煜已形如一具枯骨，身上薄薄的衣裳怎耐透骨的春寒。他写过多少次的梦，他多希望一切是场梦，或许过去的一切本就是场梦。他像个贪玩的孩子，贪恋一时的欢愉，在梦里忘了时间。大梦一场后一切成空，而后就是一片寂灭。我小时候经常想，会不会现在我看到的这个世界不是真实的？我以为我在吃饭、上学、放学、过暑假、做功课，但真实的我有着完全不同的年龄、性别、身份，在另一个世界里已经昏迷了很多年，一切都是我的臆想。"梦里不知身是客，一晌贪欢"，这句真是神来之笔。原谅我在面对他人苦难之时却点评用字之绝，但这句诗的意境没有任何诗词能替代。

下阕则是一片寂灭过后的平静重生：一个人的时候，别凭栏远眺，故国已是不堪回首，说再见那天，渡船轻易地飘摇入海，想再见面却难了。落花顺水流走了，春天就这样过去了，如此，惊醒的一刹那，竟是天上人间。

公元 978 年七月初七，李煜在四十二岁生日当晚作《虞美人》，这也是他的绝命词：

> 春花秋月何时了，往事知多少。小楼昨夜又东风，故国不堪回首月明中。
> 雕栏玉砌应犹在，只是朱颜改。问君能有几多愁？恰似一江春水向东流。

赵光义听后大怒，赐牵机药，李煜服后首足相触，抽搐而亡。自此，总算大梦初醒，他辞别了这个颠倒无常的人间。

我曾看到很多人的一生是千百次的折返，而李煜的一生只是单行线，上穷碧落下黄泉。他服从着命运的流转，谨遵训诫，接受磨砺，把这一世全当作体验。希望千百年后，他猛地惊醒，发现自己生在寻常百姓家，也有机会游遍山野，写好诗，喝好酒，一生自由，一生平凡，一生烂漫。

莫听穿林打叶声，何妨吟啸且徐行。
竹杖芒鞋轻胜马，谁怕？
一蓑烟雨任平生。

苏东坡

任生命之风四面吹拂

去年八月，我在四川阿坝。高原的气候干燥，紫外线强烈，我们一行三人被晒得像三个康巴汉子，鼻子和脑门都开始脱皮。我们边笑边互相拍照，拍着彼此陌生又好笑的模样。当我笑嘻嘻地把照片发进家族群的时候，我突然意识到，我的任何改变姥姥都看不到了。无论我是晒黑了，变老了，都已经不再是她离开时的样子。即使今夜入梦，她能认出我吗？

于是在姥姥离开的两年之后，我突然就懂了苏轼写的"纵使相逢应不识，尘满面，鬓如霜"。

我想这样的瞬间，是文学带给我们的很宝贵的东西。诗人用自己的一生写下遥远诗篇，与今日的你我肝胆相照，哪怕相隔千百年，也好像隔空拥抱了一下，那么亲切。

讲苏轼的诗的这一篇，以写作顺序来说，是这本书最后动笔的一篇。有关东坡先生的研究作品不计其数，他是如此广泛地被大家所熟知和喜爱。那么东坡先生何以动人呢？我认为，他不是很多作品中描述的完美圣贤的形象——那使他看起来像一个齐物爱人、乐观豁达的文化商品。他伟大的长衫之上，也有虚荣的小口袋；他坚韧的同时，也曾口无遮拦；他满怀理想，却也有才子的傲慢。他像你我一样，有自己的隐晦和洁白，在生命跋涉的过程中，学着用儒家的克己、道教的超脱、禅宗的空观万物，为我们制造了一个空间，安放那些不尽如人意的人生片段。

德国古典浪漫主义诗人荷尔德林曾扪心自问："如果生活纯属劳累，人还能举目仰望说：我也甘于存在吗？"随后，他自问自答："是的！人类虽然充满劳绩，但依然诗意地栖居于大地。"

我想这就是苏诗的鲜活，让我们一次又一次地不期而遇。

乐尽天真

苏轼，北宋景佑三年（1036）十二月十九日卯时，生于蜀地的眉州眉山。说苏轼之前，我想先说说他的家学渊源。

苏家，虽算不上名门世家，落籍于眉山也有三百多年之久，是远近闻名的乡绅。苏轼的爷爷苏序，是乡里的长老，为人古道热肠，颇富游侠精神，平日里经常惩恶扬善，还曾在饥年用自己家攒下的粮食救济十里八乡。苏序老先生的二儿子，也就是苏轼的二伯苏涣，在二十四岁时考中了进士，这可是苏家几代以来的第一位进士，轰动了整个蜀地。有一天苏序老先生正和村里的老朋友在田埂上喝酒、吃牛肉、聊天，有人大老远给他送来了诰封文书。老先生看了一遍，一言不发地把它塞进自己随身带的布袋里，打算起身入城。他刚站起来，发现刚才的牛肉还没吃完，旋即抹抹嘴，把剩下的牛肉也细细打包好，放进布袋，骑上驴就走，一点"偶像包袱"都没有，引得路人看了也忍不住发笑。这份率真与淡泊，无疑也"遗传"给了苏轼几分。

苏轼从小健康聪明，十岁就能提笔作文章。他的童年，是和小他三岁的弟弟苏辙（字子由）一同度过的。他们一起爬高上低，一起读书、闯祸，深深根植于彼此的生命中。有人统计过，苏轼的诗词里出现频率最高的词就是"子由",足足有两百多次,像什么《和子由渑池怀旧》《和子由盆中石菖蒲忽生九花》《辛丑十一月十九日既与子由别于郑州西门之外马上赋诗一篇寄之》等。还有我们最熟悉的《水调歌头·明月几时有》里,也有"兼怀子由",可见中秋佳节时,他也最最想念子由。二人也曾在意气风发少年时许下"功成身退,夜雨对床"这样既豪迈又浪漫的约定。

苏轼十九岁时娶了青神县乡贡进士王方之的女儿王弗为妻。王弗贤良恭俭,将苏家大事小事安排得井井有条,尤其是照顾婆婆程夫人时,更是仔细耐心,知冷知热。王弗常伴青年苏轼一起读书,冰雪聪明如她,很多时候苏轼都忘了的诗书内容,她还能在一旁提醒。嘉祐二年(1057),二十一岁的苏轼凭《刑赏忠厚之至论》被欧阳修大为称赞,在会试中得了第二名,高中进士。同年,苏轼的母亲程夫人卒。程夫人温柔敦厚,常教导苏轼苏辙两兄弟要懂得推己及人,不许他们伤害小动物,这部分教诲组成了苏轼善良的底色。

为母丁忧三年后,嘉祐六年(1061),二十五岁的苏轼被任命为凤翔府判官。王弗陪着他一起去凤翔赴任,她谨言慎行,见微知著,二十多岁的苏轼避免不了锋芒毕露意气用事,她便在旁小心观察,帮着苏轼辨析人情事理,给出自己的建议。同甘共苦十年,她始终像一座温柔宽厚的港湾,苏轼事事都有她能商量和依靠。

这样的日子过了十年,王弗留下他们七岁的儿子撒手人寰。

后来又过了十年,当年的毛头小子慢慢成熟,独自面对起残酷的人心和风雨。在苏轼三十九岁的某个夜晚,他梦见了十年前去世的夫人和那段乐尽天真的青春岁月,世殊时异,不觉泪已千行。他遂作千古悼亡词《江城子·乙卯正月二十日夜记梦》:

十年生死两茫茫。不思量，自难忘。千里孤坟，无处
话凄凉。纵使相逢应不识，尘满面，鬓如霜。

夜来幽梦忽还乡。小轩窗，正梳妆。相顾无言，惟有
泪千行。料得年年断肠处，明月夜，短松冈。

这首词行云流水，就像那夜的眼泪一样满溢而出，顺流而下。
心里的声音是最能打动人的，字字句句都是生命的注解。

经历过的人自然就懂了。

西湖虽好莫吟诗

熙宁元年（1068），神宗任用王安石为参知政事，适时外患严
重，朝廷内外散漫成风，民穷财尽，急需振奋求变。王安石行事果
敢，他决心变法，推行一系列新政，以达成富国强兵的目标，颇有
一副"人挡杀人，佛挡杀佛"的气势。果敢的另一面，是不可避免
的独断专行。新政的重点目标是富国，在神宗的大力支持下，王安
石不惜以重典、刑赏等强制力量来推动新政的实施。

包括苏轼在内的司马光一派对新法持反对意见，觉得一切操之
过急。他们认为，王安石属于顶层官僚，不太能看得到人间疾苦，
一系列变法新政不过是把百姓兜里的钱变成国家兜里的钱。王安石
和司马光两派就像是共同管教孩子的两位教育理念不同的父母。"新
党"认为"棍棒之下出孝子"，想要琢木成材，必须严苛；而"旧
党"信奉"人之初，性本善"，主张以循序善诱的道德力量来感化孩
子。这样的分歧，无论是在当时还是后世，哪能精准量化地评判出

对错呢?

苏轼当时不过是个八品闲官,却像一把锋利的小刀,奋不顾身。他写了一篇又一篇文章,《上神宗皇帝书》《再上皇帝书》等,一次又一次地明讽暗谏。这期间当然少不了遭人谗诬,也常有人劝他谨言慎行,以免惹祸上身。苏轼答:"我性不忍事,心里有话,如食中有蝇,非吐不可。"

果不其然,熙宁四年(1071),苏轼遭人弹劾,于是自请离京,被出为杭州通判。好友文同为他作诗送行,还特意叮嘱他"北客若来休问事,西湖虽好莫吟诗"。西湖虽美,你可别胡乱作诗啊。

熙宁七年(1074),天下久旱,接连十个月滴雨未下。一时间饥民遍野,流民千里。宋神宗内心不免有些犯嘀咕,王安石劝说,"水旱常数,尧汤所不免。陛下即位以来,累年丰稔,今旱暵虽逢,但当益修人事以应之"。

正当宋神宗忧心忡忡之时,一幅郑侠绘制的《流民图》被悄无声息地呈上,画中的百姓流离失所、面黄肌瘦、衣衫褴褛,神宗看后一夜未眠。再加上光献太皇太后也极力劝阻,认为"祖宗之法不可变",神宗开始反思自己一直以来支持的变法是不是错的,遂下令免除青苗法等新政条制。

就这样,初见成效的王安石变法被皇帝一道圣旨叫停,王安石旋即孤身罢相。

此时的苏轼在杭州任满三年,为了离弟弟苏辙近一点又改任密州知州。他在密州作《江城子·密州出猎》,这首词气象恢宏,给词这一文体注入了豪迈之气:

老夫聊发少年狂,左牵黄,右擎苍,锦帽貂裘,千骑卷平冈。为报倾城随太守，亲射虎，看孙郎。

酒酣胸胆尚开张，鬓微霜，又何妨？持节云中，何日遣冯唐？会挽雕弓如满月，西北望，射天狼。

在密州任上，苏轼见到了太多令他于心不忍的景象，蝗灾、穷凶极恶的匪寇、因太过贫穷无力抚养被丢弃的婴孩，百姓的苦统统走进了他的心。他遂作《次韵刘贡父李公择见寄二首·其二》，记录他在密州的岁月：

何人劝我此间来，弦管生衣瓶有埃。
绿蚁濡唇无百斛，蝗虫扑面已三回。
磨刀入谷追穷寇，洒涕循城拾弃孩。
为郡鲜欢君莫叹，犹胜尘土走章台。

苏轼机敏爱民，治蝗、治匪、治"手实法"流弊，在密州想了不少法子造福当地百姓。比如最让他痛心的"洒涕循城拾弃孩"，他如此应对：凡是有新生儿又养不起孩子的家庭，每个月会由政府发放六斗米救济，不准其抛弃婴儿，如此供给一年，父母对孩子也就有了养育情感，不忍再弃。由此一来，弃婴得以大大减少。

密州的生活条件比较艰苦，苏轼在《和蒋夔寄茶》中曾无比怀念杭州，"自从舍舟入东武，沃野便到桑麻川。剪毛胡羊大如马，谁记鹿角腥盘筵。厨中蒸粟埋饭瓮，大杓更取酸生涎。柘罗铜碾弃不用，脂麻白土须盆研"。他的凄惶人生已初见端倪。

关于密州，如果让苏轼讲一个最快乐的夜晚，大概是这个晚上：熙宁九年（1076）的中秋节，苏轼和几位好友于超然台上欢饮达旦。虽然是密州知州，但苏轼的工资其实也没多少，连酒钱都不够，根本无力支撑他常常宴请宾客。爱交朋友如他，平时自然是有些拘束的。这次正逢佳节，又有好友，苏轼开心不已，大醉。此时清秋的风吹散了一丝醉意，抬头看看这轮完满的圆月，苏轼想，要是子由也在就好了。

于是苏轼提笔就清辉，一篇《水调歌头·明月几时有》成为后世万千游子在中秋夜不断回望的精神坐标，自此余词俱废。

> 丙辰中秋，欢饮达旦，大醉，作此篇，兼怀子由。
>
> 明月几时有？把酒问青天。不知天上宫阙，今夕是何年。我欲乘风归去，又恐琼楼玉宇，高处不胜寒。起舞弄清影，何似在人间。
>
> 转朱阁，低绮户，照无眠。不应有恨，何事长向别时圆？人有悲欢离合，月有阴晴圆缺，此事古难全。但愿人长久，千里共婵娟。

值得一说的是，王安石罢相一年多后，由于朝中弄臣厮杀，腥风血雨，民不聊生，王安石遂复相。此时朝中境况与变法初期已无法同日而语，曾经支持他的老臣都已离去，无人为助，只有他的儿子王雱可依赖。然而没过几日，王雱因为行事鲁莽，被吕惠卿反诬一状，王安石又恨铁不成钢将其责怪一番，王雱血气方刚，活活气病致死。至此，垂垂老矣的王安石万念俱灰，力请解职，于熙宁九年十月归居金陵。

适时，苏轼回望自己在变法之初颇有些意气用事的言辞，自省"虽此心耿耿，归于忧国，而所言差谬，少有中理者"。

元丰二年（1079），苏轼赴任湖州，作《湖州谢上表》，发了两句新政的牢骚，"知其愚不适时，难以追陪新进；察其老不生事，或能牧养小民"，就是这篇文章，被有心之人抓住把柄，成为新旧政争的祭品。王安石卸职后，新政一派的政治任务由王珪接任，此人上无声望领导众人，下无能力安抚百姓，只有一群混吃混喝愿为其出头的"小弟们"。新官上任急于清除异己，小弟们便开始出谋划策：司马光早就归隐洛阳，没什么好议论的，倒是苏轼话多，就拿他来做文章！除了《湖州谢上表》外，他们开始从政治角度分析苏轼之前的诗，像什么《吴中田妇叹》《山村五绝》系列等，都被扒了出来。

遂有"至于包藏祸心，怨望其上，讪渎谩骂，而无复人臣之节者，未有如轼也。盖陛下发钱以本业贫民，则曰'赢得儿童语音好，一年强半在城中'；陛下明法以课试郡吏，则曰'读书万卷不读律，致君尧舜知无术'；陛下兴水利，则曰'东海若知明主意，应教斥卤变桑田'；陛下谨盐禁，则曰'岂是闻韶解忘味，尔来三月食无盐'；其他触物即事，应口所言，无一不以讥谤为主。……付轼有司，论如大不恭，以诫天下之为人臣子者，不胜忠愤恳切之至"（《监察御史里行舒亶剳子》节选）。

又有"知湖州苏轼，初无学术，滥得时名，偶中异科，遂叨儒馆。……有可废之罪四，臣请陈之：昔者尧不诛四凶，而至舜则流放窜殛之。盖其恶始见于天下。轼先腾沮毁之论，陛下稍置之不问，容其改过，轼怙终不悔，其恶已著，此一可废也。古人教而不从，然后诛之，盖吾之所以俟之者尽，然后戮辱随焉。陛下所以俟轼者可谓尽，而傲悖之语，日闻中外，此二可废也。轼所为文辞虽不中理，亦足以鼓动流俗，所谓言伪而辩；当官侮慢不循陛下之法，操心顽愎不服陛下之化，所谓行伪而坚。言伪而辨，行伪而坚，先王之法当诛，此三可废也。《书》：'刑故无小。'知而为，与夫不知而为者异也。轼读史传，岂不知事君有礼，讪上者诛，肆其愤心，公为诋訾，而又应制举对策，即已有厌奖更法之意。陛下修明政事，怨不用已，遂一切毁，之以为非是，此四可废也。而尚容于职位，伤教乱俗，莫甚于此。……伏望断自天衷，特行典宪"（《御史中丞李定劄子》节选）。

朝中一时间群攻蜂起，群臣纷纷上书弹劾苏轼。王安石二次罢相后，主导新政的人实则就成了神宗自己，苏轼没有足够的政治敏感性，因此那句"知其愚不适时，难以追陪新进；察其老不生事，或能牧养小民"，以及曾经的各种针砭时弊之语，在此刻就异常刺眼。苏轼就任湖州知州仅两个月，神宗便准奏罢任苏轼，并令御史台将其追捕回京师。

昔日旧友将朝廷决定逮捕苏轼的消息告知了苏轼的弟弟苏辙，苏辙又匆忙命人快马加鞭通知苏轼。然而还没过一天时间，御史台派来的人便闯入了州衙。他们白衣青巾，面目狰狞，苏轼哪见过这等阵仗，以为自己大限将至，必死无疑，便请求与家人诀别。来人皇甫僎告知苏轼不至于此，随后命人将苏轼绑起来，催促他别废话，赶快走。目击者在回想这场抓捕时写道："拉一太守，如驱鸡犬。"

某天入夜，被押解的苏轼路过太湖，想到自己过去仗义执言得罪过的权贵王侯，不禁哀叹此去一行凶多吉少，与其让亲友受累，惨死狱中，不如此刻投湖，一了百了。幸而被狱卒拉住。

可想而知，乌台诗案给苏轼的第一层精神感受，是如此惊恐忧虑，不惜赴死。《上文潞公书》记载，苏轼的家人在他被抓走后，打算寄寓南都（今商丘）弟弟苏辙处。坐船渡江时，他们被御史台的人追上并抄家，还要检查所有留存的苏轼诗文，一家老小快被吓死了，哭诉"是好著书，书成何所得，而怖我如此"，后"悉取烧之"。

如今后世得苏轼诗词三千多首，而他在青葱岁月所作的其他激昂文字，大概有不少于这场浩劫中被烧毁。

被押解回京后，苏轼被关进囚房。后来他在《晓至巴河口迎子由》中记录了这一刻：

> 去年御史府，举动触四壁。
> 幽幽百尺井，仰天无一席。
> 隔墙闻歌呼，自恨计之失。
> 留诗不忍写，苦泪渍纸笔。

这牢房有多小呢？仅仅容纳一人宽窄，张开胳膊就要碰到墙壁，像天井一般高深。想抬头看看代表自由的天空，奈何天窗只有丁点大小。我的心里有许多话要说，可我什么都不敢写，只剩苦泪深深浸透了纸笔。

随即而来的是夜以继日的严刑拷问，甚至连苏轼一二十年前写的诗也被拿出来算账。这日复一日的折磨足足持续了四个多月，其间苏轼无数次想过，这日或许就是自己人生的最后一日。

尽管如此，他还是在这炼狱中看到了一颗金子一般的心。有一名叫梁成的狱卒，极富仁心。要知道，苟且之人但凡得到了一点权力，便会肆意膨胀，作威作福。而梁成不但没有落井下石，甚至夜夜为学士苏轼烧一壶热水洗脚，这个举动让苏轼备受感动。一日，苏轼叫来梁成，悄悄给了他两封诀别信《予以事系御史台狱，狱吏稍见侵，自度不能堪，死狱中，不得一别子由，故作二诗授狱卒梁成，以遗子由，二首》：

圣主如天万物春，小臣愚暗自亡身。

百年未满先偿债，十口无归更累人。

是处青山可埋骨，他年夜雨独伤神。

与君今世为兄弟，又结来生未了因。（其一）

柏台霜气夜凄凄，风动琅珰月向低。

梦绕云山心似鹿，魂飞汤火命如鸡。

眼中犀角真吾子，身后牛衣愧老妻。

百岁神游定何处，桐乡知葬浙江西。（其二）

人之将死，会想些什么呢？家人、亲友？苏轼亦是如此。

考妣尽丧，这个世界最亲的人就是弟弟了。今生怕是再没机会完成"夜雨对床"的约定，只希望以后每当阴雨绵绵时，弟弟不要太过伤心。愿与君生生世世都做兄弟，剩下的妻儿老小还要多依托弟弟的照拂。想到这一世，亦觉愧对妻儿。就把我葬在浙江西吧，我也曾在那里付出过青春，拥有过百姓的爱。

元丰二年十二月二十九，苏轼的定谳文书下来了，乌台诗案尘埃落定：充黄州团练副使，本州安置，不得签书公事。

罗织罪名，曲解文章，想要致其死地的人终未得逞。在营救苏轼的人里，除了苏辙自不必说，还有光献太皇太后曹氏、旧友吏部侍郎范镇、旧相章惇、当朝左相吴充等，其中更有一位学士王安礼，此人正是苏轼昔日政敌王安石的亲弟弟。政见不同依然隔空相救，此真名士。

就这样，元丰三年（1080）新岁的第一天，开封处处沉浸在新年的欢愉里，苏轼却在风雪中踏上了前往黄州的路。

他一路上回望这场灾难：自己几近死亡，家人散尽，弟弟也为了救自己被贬官筠州，究竟是何以至此啊！不堪细思量。

> 此灾何必深追咎，窃禄从来岂有因？
> 平生文字为吾累，此去声名不厌低。（《出狱次前韵二首》节选）

路过春风岭，看到梅花纷纷开落，他的心情稍有缓和，作《梅花二首》：

> 何人把酒慰深幽，开自无聊落更愁。
> 幸有清溪三百曲，不辞相送到黄州。

路过麻城时，他竟与旧友陈慥（字季常）不期而遇。那个年代的不期而遇多浪漫啊，陈慥又是出了名的好客，他便邀苏轼去家中做客，全家上下一起张罗酒食。

> 抚掌动邻里，绕村捉鸭鹅。
> 房陇锵器声，蔬果照巾幂。（《岐亭五首其一》节选）

当你曾有过必死的境遇，拥有过赴死的勇气，那么接下来的每一天都像新生一样，多闪几倍光。

苏轼的元丰五年

"乌台诗案"是苏轼命中的试金石，它给了诗人从未经历过的惊恐、惶惑、苦难，也造就了他后来的超然洒脱，甚至催生了美食家苏东坡。同时，于文学史和艺术史来说，这场浩劫精雕细刻，成就了苏轼神迹天成一般的元丰五年。

这一年，他写下了《定风波》《临皋闲题》《念奴娇》《赤壁赋》《后赤壁赋》《临江仙》等千古佳作，还有与《兰亭序》《祭侄文稿》并称"天下三大行书"的《寒食帖》。

初到黄州，看到竹林丰茂，水绕城郭，苏轼还挺开心的，想着吃喝是不愁了。他作《初到黄州》：

> 自笑平生为口忙，老来事业转荒唐。
> 长江绕郭知鱼美，好竹连山觉笋香。
> 逐客不妨员外置，诗人例作水曹郎。
> 只惭无补丝毫事，尚费官家压酒囊。

我们劫后余生的大诗人，在小镇上重新感受生命的细微与鲜亮。熟睡、采药、钓鱼、洗澡，他三缄其口，只写一些无关痛痒的小事，不敢再乱说话。他作《与王定国书》《安国寺浴》《二月二十六日雨中熟睡至晚强起出门还作此诗意思殊昏昏也》等，记录初来乍到的生活碎片。

　　初到黄州他住在"定惠院"，那是一座城中旧庙。他每天跟和尚们一同吃斋，尽量不再饮酒。这样的生活日复一日，直到有天见后山繁花中，竟有一株海棠出现。海棠在当时是西蜀的名花，十分珍稀，在黄州如此荒凉的乡野之地，竟也有一束。联想到如今的自己，苏轼枯槁的双眼又有些模糊，遂作《寓居定惠院之东杂花满山有海棠一株土人不知贵也》：

　　　　江城地瘴蕃草木，只有名花苦幽独。
　　　　嫣然一笑竹篱间，桃李漫山总粗俗。
　　　　也知造物有深意，故遣佳人在空谷。
　　　　自然富贵出天姿，不待金盘荐华屋。
　　　　朱唇得酒晕生脸，翠袖卷纱红映肉。
　　　　林深雾暗晓光迟，日暖风轻春睡足。
　　　　雨中有泪亦凄怆，月下无人更清淑。
　　　　先生食饱无一事，散步逍遥自扪腹。
　　　　不问人家与僧舍，拄杖敲门看修竹。
　　　　忽逢绝艳照衰朽，叹息无言揩病目。
　　　　陋邦何处得此花，无乃好事移西蜀。
　　　　寸根千里不易致，衔子飞来定鸿鹄。
　　　　天涯流落俱可念，为饮一樽歌此曲。
　　　　明朝酒醒还独来，雪落纷纷那忍触。

　　有段时间，他充满劫后余生的后怕，因此白天都在家睡过去，到了夜深人静之时，才敢悄悄出去散散步。从天之骄子，沦落至此，他的周边突然就"安静"下来，他得以一寸一寸向内探索。他作《卜算子·黄州定惠院寓居作》：

> 缺月挂疏桐，漏断人初静。谁见幽人独往来，缥缈孤鸿影。
> 惊起却回头，有恨无人省。拣尽寒枝不肯栖，寂寞沙洲冷。

缺月、疏桐、孤雁，句句遗憾，一个人孤身走在月光下，缥缈中又像一只落单的雁。突然受惊回头，大雁心中的怨恨怕是无人能懂。良禽择木而栖，这只大雁拣尽寒枝，却依然无枝可栖。江上缺月照沙洲，凄苦冷清，此刻天下寂寞。

这样的生活过了一阵子，初来乍到的新鲜已经变成庸常。这期间，苏轼给老朋友写了一封又一封的信，但都没有收到回音。他在黄州，只能跟当地农民、渔夫还有市井百姓交往。日子久了，他想了很多办法解闷儿，有时候在袖口里藏很多石头，去江边和人比赛打水漂（清·潘永因《宋稗类钞》）；有时候在路边凉亭歇脚，遇上路人就缠着人家要让人家给他讲个鬼故事，人家说实在没有，他说"那你编一个也行"（宋·叶梦得《避暑录话》"姑妄言之也好"）。苏轼也是在这时候认识了佛印和尚，他常在赤壁周围的细石浅滩捡一些温润如玉的小石头，一股脑送给佛印。

这些快乐、寂寞或怨恨的情绪都是阶段性的，一切尘埃落定后，根深蒂固的儒家思想还是让苏轼在每一个月明风清的寂静深夜反思自己，检讨何以至此，他作《答李端叔书》："轼少年时，读书作文，专为应举而已。既及进士第，贪得不已，又举制策，其实何所有？而其科号为直言极谏，故每纷然诵说古今，考论是非，以应其名耳。人苦不自知，既以此得，因以为实能之，故谆谆至今，坐此得罪几死，所谓齐虏以口舌得官，真可笑也。"

好一句"人苦不自知"，这世间多少事与愿违，我们怪时不我待，怪运势未及，怪那天的天气，却不知归根结底都源于我们本身与期待之间不可逾越的鸿沟。人类的一切愤怒，本质上都是对自己无能的痛苦。

苏轼变成"苏东坡"，除了要感谢白居易外，还要感谢他的一位"穷朋友"——他的忠实追随者马梦得。就是他帮苏轼请领到一片地，这片地被耕耘为日后的东坡。关于这位雪中送炭的老友，我们来《东坡八首》中感受一下苏式幽默：

> 马生本穷士，从我二十年。
> 日夜望我贵，求分买山钱。
> 我今反累君，借耕辍兹田。
> 刮毛龟背上，何时得成毡。
> 可怜马生痴，至今夸我贤。
> 众笑终不悔，施一当获千。

这个马梦得，我们认识有二十年了，他日日夜夜盼望我大富大贵，好分钱给他买座山颐养天年。谁知道今天反而被我拖累，要借田来耕种。哈哈，打我的主意，就像在龟背上刮毛，什么时候才能做成毡子啊！哈哈！可爱的马梦得，至今还在痴人说梦，夸我能成事儿呢。大家都笑他，他也不知道悔改，明明是自己施舍予我，还当获得了千千万万一样高兴呢。

这一年，苏轼真正开始务农。他和老农苦苦学技，当地的农人也确实教了他一些土地的法则，"再拜谢苦言，得饱不敢忘"。

他还作诗向别人乞讨桃花茶的种子，觉得茶可以消食，以后吃得太饱的时候来一杯，好不惬意，又忍不住自嘲"饥寒未知免，已作太饱计"。

他羡慕着古人陶渊明的生活，热爱土地，为一株植物得以平安生长而欣喜异常。

土地讲道理，一分耕耘，一分收获。

元丰五年（1082），对于苏轼而言，依旧是无人问津的一年。一日，苏轼走在大街上，竟被一醉汉推倒。他定了定神，丝毫不生气，反而笑了起来。这天下真已无人识他，他却很喜欢这种状态，"自喜渐不为人识"，与大自然相处，自得其乐。

"吾上可陪玉皇大帝，下可陪卑田院乞儿，眼前见天下无一个不好人。"我们不知道这句话里是否有一丝难掩的失落。曾经名满天下的翰林学士，沦落至天下已无人知晓。正是这样的生命体验，让苏轼褪去了知识分子身上不易自知自除的优越感，不再去在意什么阳春白雪，什么下里巴人。田舍村落间植物自开自落的美，街头巷尾市井小民细碎生活的美，是一种踏踏实实的美，一种脚踩大地的美。都说由奢入俭难，跌落至此的诗人却拥有一种心安。他无须再日日焦虑担忧，无须思考如何在激流中勇进、逆行。事已至此，退无可退，他走的每一步都是对的一步。

泰戈尔有一首诗说"我那天清晨的失路，寻到我永久的童年，可算我生平最好的幸运"。

生命的视野越低微也就越宽阔，因此这一年苏轼的文章充满大智慧，能装得下整个世界的优美。

说说《临江仙》：

> 夜饮东坡醒复醉，归来仿佛三更。家童鼻息已雷鸣。敲门都不应，倚杖听江声。
>
> 长恨此身非我有，何时忘却营营？夜阑风静縠纹平。小舟从此逝，江海寄余生。

我能想象，半百衰翁独自提着一壶酒，在东坡自斟自饮，他的内心在纠结往复，消解前路惶惑，是磨砺，也是自我疗愈。喝着喝着，月已当空。时间不早了，诗人向家走去，奈何老远就听到家童鼾声如雷，敲了敲门，许久未应。"家童鼻息已雷鸣，敲门都不应"，这两句颇为可爱，诗人有点委屈地在抱怨，"敲门都听不见啊"。他没有选择继续敲门，或者想个什么别的办法回家，而是倚着竹杖，听大江流淌。这个选择其实很能代表诗人此时的心境，放下我执，随遇而安，任生命之风四面吹拂。

接下来最精彩的句子来了，"长恨此身非我有，何时忘却营营，夜阑风静縠纹平"，什么时候才能无须顾忌世间纷扰呢？此时的苏轼，跳脱出了自己的生命，将自己当作别人来生活。我把这种处理方式理解为一种自我救赎。诗人此时将"苏轼"当成一个独立的生命，刚好这个生命借由"我"来呈现。在这样的情况下，人还会堕落吗，还会自怨自艾、破罐子破摔吗？这不仅仅是你，还是附着于你的一个生命的人生啊。此时，风止水静，道家的超脱在这种情况下被儒家的自我约束轻轻裹住，达到一种曼妙的平衡。我想这也是为什么我们如此爱苏东坡，他不极端，博采众长，不断在生命的不同阶段修正自己，传达给我们人生是立体的，是流动的，是可以不断修正的，这是一种大希望。

"小舟从此逝，江海寄余生"，泛若不系之舟的肉身被思想轻轻拽住，无论今后去向哪里，消失何处，我都愿轻快自在。这是他清澈恣意，又有所不为的跋涉。

这年三月，苏轼叫上几个老朋友一起去郊外沙湖看田，突然天降大雨，又没带伞，看起来只能挨淋了。大家都颇为狼狈四下奔逃，只有苏轼，自顾自地淋着大雨徐徐前行，于是有了这首名扬千古的《定风波》：

> 三月七日，沙湖道中遇雨。雨具先去，同行皆狼狈，余独不觉。已而遂晴，故作此词。
> 莫听穿林打叶声，何妨吟啸且徐行。竹杖芒鞋轻胜马，谁怕？一蓑烟雨任平生。
> 料峭春风吹酒醒，微冷，山头斜照却相迎。回首向来萧瑟处，归去，也无风雨也无晴。

《定风波》是我认为苏轼词中最值得反复品味和解读的作品，不同时代不同人乃至不同年纪不同环境，读到的东西都不一样。诗无达诂，我一次次重读后发现，这里面其实藏着苏轼人生至此的四重感受。

第一重：莫听穿林打叶声，何妨吟啸且徐行，竹杖芒鞋轻胜马。

经过乌台诗案，苏轼九死一生，被贬黄州。在此之前，他是被皇帝钦点的宰相之才，可如今却成为一个无权散官，这是人生的风雨。这一路以来，他耳边最不缺的就是争议、纷扰甚至骂声。所以穿林打叶声，不仅仅是雨声，也是此时他人生中的杂音。莫听穿林打叶，人才能从那种混沌迷茫的困境中抽离出来，进而重新定义自己的人生秩序。下了雨，大家都在躲雨，但躲避能减少分毫失落吗？不如大声吟啸，徐徐行进。芒鞋也许比车马慢，但轻便自由啊。这三句看似轻巧，实则带着骨气，写得非常叛逆。不要听，不如走，芒鞋也能胜过马。被人议论又能怎样？与众不同、格格不入又能怎样？都说忙人贵人车马好，我偏偏觉得闲人竹杖无事一身轻。这是苏轼告诉你的第一重境界：不要活在别人的声音和定义中，要找到你自在的方式，而后低头赶路，敬事如仪。

第二重：谁怕？一蓑烟雨任平生。

初到黄州时，苏轼寄住在寺院。经过牢狱之灾后，他也不太敢相信别人，经常独行独饮。一个本性开朗的人，却不得不幽闭自己，缥缈孤鸿影。那一刻他才明白，唯有自己才是坦荡余生最可靠的同伴。所以，你要一次次，千千万万次，鼓励自己、认可自己、支持自己，挽狂澜于既倒，扶大厦之将倾。谁怕？！这是反问吗？这其实是对自己莫大的鼓励。一蓑烟雨任平生，风雨既然要来，那我们就走进风雨中。这是苏轼的第二重感受：找到前行的勇气，做自己人生忠实的战友。

第三重：料峭春风吹酒醒，微冷，山头斜照却相迎。

这一层是一个巨大的转折。苏轼在这里突然点明了春风"吹醒"，原来刚刚的潇洒是醉后的豪言壮语，那是否就推翻了之前的一切呢？我们都有过被理想的火焰炙烤到上头的时候，觉得自己只要去做就无所不能。但苏轼在这里告诉你，什么东西更加可贵？那就是清醒之后的自省。褪去热情和冲动，发现现实微冷，甚至带着一点点刺骨的疼痛。但也只有这个时候，你才能不被冲昏头脑，真正全方位地审视自己。山头斜照却相迎，看，太阳迎来拥抱，如梦初醒后的我们，不是仍然在向着光明前进吗？这是苏轼的第三重感受：保持自省，虽身处微凉，却心向光明。

第四重：回首向来萧瑟处，归去，也无风雨也无晴。

你有没有想过，经过了前面的一切潇洒快意，这首词的最后为什么要说回首？因为人生漫漫，风雨兼程，前途无量，难就难在回首。来路已知，而前方仍有无限的风景，无限的可能，谁愿意再回头呢？苏轼说：回首向来萧瑟处。萧瑟是形容风雨的声音。回头去看来时的风风雨雨，你要把这一路的风景和感受重新在心里过一遭，仔细掂量，细细品味。所有的一切皆非无缘无故。花开花落，零落成泥，那也是花曾来过的证明。这是回首引起的思考。回首的结论是什么？归去，也无风雨也无晴。这是实现了真正的豁达与超脱。最初是莫听穿林打叶，一蓑烟雨平生，最后回首，心中无风无雨无晴。下雨又怎样，晴天又怎样？这生命实则空无一物，风雨来，风雨去，天地明暗转换，我仍我。这就是苏轼尘埃落定后的坦荡：赶路终须回头看，再论是非，已是明月照大江般澄澈释然，阴晴又能如何？

这就是苏轼的厉害之处，短短一首词里，藏着如此深厚的内涵。诗词常读常新，它会随着我们人生经历的丰富而不断生长，最终从别人的只言片语中，延展出你我各自人生的千言万语。

黄州给了苏轼它的一切，美食、天气、古寺、牵挂、超脱，苏轼全都接住了。

泛若不系之舟

元丰七年（1084），宋神宗下诏"人才实难，不忍终弃"，将苏轼调离黄州，赴任汝州。这一年他去了庐山作《题西林壁》，路过金陵，拜访隐居多年的王安石，两人一笑泯恩仇。

元丰八年（1085），宋神宗驾崩，尚且年幼的哲宗即位，高太后垂帘听政，任保守派司马光为宰相，苏轼旋即被召还回京，一路提拔，升至三品大员。当苏轼看到保守派不顾民生之多艰废尽新法，方才恍然大悟，原来新、旧党不过是一丘之貉。于是他再次向朝廷提出谏议。至此，他又触怒旧党，再次陷入政治旋涡，无奈请求外调。

一日饱食，他看了看自己圆滚滚的肚皮，与家人说笑："谁知道我这肚子里，都装了点什么呀？"有人说是满腹经纶，有人说是满腹文章，只有与他心意相通的侍妾朝云，轻轻说了句："先生满肚子的不合时宜。"苏轼大笑道："朝云知我！"

元祐四年（1089），苏轼再次出任杭州知州。十八年前，他为西湖写过《饮湖上初晴后雨》，然而这时候的西湖被淤泥堵住了，不复往日风光，他又兴修水利，造就至今被千万次吟诵的"苏堤春晓""三潭映月"等诗意景致。

是年，他作《临江仙·送钱穆父》：

> 一别都门三改火，天涯踏尽红尘。依然一笑作春温。
> 无波真古井，有节是秋筠。
>
> 惆怅孤帆连夜发，送行淡月微云。樽前不用翠眉颦。
> 人生如逆旅，我亦是行人。

元祐六年（1091），回京不到一个月，苏轼再次受到支持新法的人的攻击，被贬岭南惠州。他在惠州作《食荔枝二首》，说"不辞长做岭南人"。

绍圣三年（1096），苏轼心爱的侍妾朝云去世。他感叹："不合时宜，惟有朝云能识我；独弹古调，每逢暮雨倍思卿。"

绍圣四年（1097）五月，苏轼再次被贬，这一次的地点是海南儋州。他留家人在惠州，只带了幼子渡海。至此，苏轼已贬无可贬。去儋州要渡海，古代没什么动力系统，一条木船随波逐流，生死都托付于天气。东坡先生作《减字花木兰》，盛赞海南的春天，殊不知他的到来，本身也是赠予海南的一缕春风。

去年，我有机会去过一次儋州，循着先生的足迹"步城西，历小巷"，九百多年后的今天，村落田间处处春意盎然，藏着东坡居士在这片土地上播撒过的耕读文脉，他未负那句"海南万里真吾乡"。

元符三年（1100），宋徽宗即位大赦天下，苏轼得以北归。路过镇江金山寺，苏轼看到昔日好友李公麟给自己画的画像，作《自题金山寺画像》：

心似已灰之木，身如不系之舟。

问汝平生功业，黄州惠州儋州。

他还是用那样略带自嘲的口吻，如此总结了自己的一生。

北归路上，苏轼没能等到三年前的好运气，又或者于他，无论何时化去，都是好运气。建中靖国元年（1101）七月，盛暑久旱，苏轼气数散尽，卧床不起。二十八日这天，他几乎已经丧失了听觉，但面色依然平静。他的忘年至交钱世雄在病榻旁照拂，眼看其神识欲逝，钱世雄复诵维琳长老的请愿："端明勿忘西方。"苏轼答："西方不是没有，但个里着力不得。"世雄又凑近耳畔劝："至此更需着力。"苏轼答："着力即差。"随后溘然长逝。

"着力即差"，这是坡仙走完一生后留下的答案。我理解这其中的顺其自然，是黄州酒后脚踩土地的夯实之感，一步一步走向明天；是惠州"此生归路愈茫然"之时，定了定神，又入人间；是儋州万丈泥土之下，还发新芽。

是一种生命最崇高的姿态。

江山风月本无常主，这一世，我已极尽鲜活，无论接下来是风声四起还是縠纹静谧，我都笑纳。

飞来山上千寻塔，闻说鸡鸣见日升。

不畏浮云遮望眼，只缘身在最高层。

明月照我还

王安石

黄庭坚说，他"视富贵如浮云，不溺于财利酒色，一世之伟人也"；梁启超说，他"若乃于三代下求完人，惟公庶足以当之矣"；但也有人说，他是权相奸臣，祸国殃民。关于王安石一生的功过，千百年来争议不断。我在很小的时候学过王安石的一句诗："春风又绿江南岸，明月何时照我还。"我那时以为这是一首单纯写景的诗，但长大后才发现这是解读王安石的线索。它的背后藏着一段极其曲折的故事，涉及名利、背叛、执着和隐痛，甚至可以说，就是它造就了王安石身上的巨大争议。他到底是祸国殃民还是为国为民？答案也许就在这里。

不畏浮云遮望眼

　　王安石是江西人，出身于书香门第。他的父亲是当时的临江军判官王益，母亲则出自金溪吴家，那是当地有名的诗书衣冠之家。王安石自幼聪慧，博览群书，而且小小年纪就一身正气，极为可贵，因此总是被长辈们夸奖。这其实和他父母的教育密不可分，父亲王益为官清正，虽然四处宦游，但从来没有放松对后代的教育，一有空就拉着孩子们一起读书，在外游历也总会带着王安石一起。母亲吴氏，性格温柔，"其取舍是非，有人所不能及"。他们对王安石最大的教育，就是要做一个正直纯良的人。这个理念贯穿了王安石的一生，此后人生的种种是非纷扰，或皆因此。

1033年，王安石祖父去世，王益解职回乡丁忧。于是十三岁的王安石跟着父母回到了老家江西临川。这一年，他去金溪舅舅家探亲。在舅舅家，他遇到了当地颇负盛名的神童，据说他五岁便能无师自通作诗，所有人都说此人未来不可限量。而王安石恰与那位神童年龄相仿，他认真地看着对方，问道："你叫什么名字？"对面的少年答："方仲永。"一个天赋异禀，一个勤学苦读，两个人未来孰优孰劣，命运正在不知不觉中书写答案。

1039年，王安石的父亲王益去世，这个家突然失去了依靠。过去，在父亲的荫庇下，王安石可以安心读书，自由自在。但父亲去世后，他突然发现留给自己的时间不多了。弟弟妹妹尚年幼，母亲却正在衰老。继续学习还是早早入仕，撑起这个家？这是王安石人生中第一个重大抉择。此后的人生中，他频频想起这件事，反复回望当初这个选择是否正确。多年后他曾在诗里写道："辍学以从仕，仕非吾本谋。欲归谅不能，非敢忘林丘。"分岔路口的停留思索只有片刻，谁的人生不是步履不停呢？此后的夙兴夜寐，都是为了兑现当初的承诺。

1042年，他如愿考中进士。关于这件事，历史上还有一段传说：王安石本来考中状元，但是因为他在试卷中写下了"孺子其朋"四字，惹怒宋仁宗，于是将他与第四名杨寘的成绩互换了。"孺子其朋"这个典故出自《尚书·周书·洛诰》，原文是："孺子其朋，孺子其朋，其往。"本来是周公对年幼的成王的嘱托，意思是"你这个小孩，今后和群臣要像朋友一样融洽相处"。但是王安石初出茅庐，这个典故用在这里，尤其是被皇帝看到，难免不悦。并且，这里面还有一层很微妙的关系，杨寘的哥哥是当朝宰相晏殊的女婿，与高官沾亲带故，也会让人遐想。总之，众说纷纭。不管这个开局怎样，王安石还是进入了仕途。

他先是官授淮南节度判官，后来任满后，又去了鄞县当知县。成为地方父母官，是他第一次接触到黎民百姓，从另一个视角去观察这个社会。他主持兴修水利，大办学堂，逐渐从一个被迫从仕的学子成为改革社会的实干派。王安石在鄞县一待就是四年，在离任回乡的路上途经杭州，登飞来峰，壮阔胸怀，感慨遂生，于是写下了这首诗：

飞来山上千寻塔，闻说鸡鸣见日升。

不畏浮云遮望眼，只缘身在最高层。(《登飞来峰》)

此时王安石三十岁，他发自内心觉得，自己拥有一切可能性。

因为在地方政绩斐然，王安石受到了很多人的关注。宰相文彦博力荐他，大文豪欧阳修也推举他，结果都被他婉拒。所有人都以为他无意功名，不求仕途，但他知道自己最后会走到最高位，还不是现在。就像当时丧父后求学还是入仕的抉择，这一次他不想慌张，他要安稳内心，照着自己的节奏来。此后多年，他仍然在地方从政，从最基层践行着自己的社会改革。

我时常觉得王安石这样的人很厉害，他目标清晰，计划分明，严格自律，不论外界如何，都能始终坚持自我。我们回顾他最初的这段仕途，先是多年在地方为官，体察民情，之后在宋仁宗时期，呈上《上仁宗皇帝言事书》，表达自己的变革想法。被否定之后，他就韬光养晦，继续办实事，拿成绩说话，逐渐在朝野中积累起声名。终于，在宋神宗时期，他迎来了自己的机会。

明月何时照我还

当时北宋有个书生名叫郑侠，他从小就问他爹："侠是什么？"郑父看着他的眼睛，一脸严肃地说："侠是一种正义的精神，它需要你用一生去寻找。"小郑侠似懂非懂地点头。因为家境清贫，子女众多，郑侠唯一的出路就是勤学苦读，改变命运。在二十四岁时，他入清凉寺读书，有一天偶然碰到了一个中年男人，那人问他问题，他都对答如流。从此之后，这个人便经常写书信给他，教他学问和做人的道理。他那时还不清楚，这个人将在未来的时间里彻底颠覆他的命运，而这个中年男人就是大名鼎鼎的王安石。类似郑侠这样受到王安石关照的才俊还有吕惠卿。而那时的王安石也不曾想到，他悉心帮助的这两个人，未来也会将他推至深渊。

1069 年，王安石得到了宋神宗的青睐，成为宰相实行变法。他深知郑侠为人刚正不阿，于是提拔他为光州司法参军，负责地方案件。而吕惠卿则被他安排在身边，不论大小事情都和他商量，连涉及变法的奏章都出自吕惠卿之手。

接下来，排山倒海一般的变法席卷全国。不久后，因为过于激进，变法遭到了很多人的反对。饱受争议的除了变法内容外，还有王安石用人的问题。司马光就上书宋神宗说："王安石虽然贤良，可他不谙世务，吕惠卿是奸邪小人，并非忠良之辈。"宋神宗不听。他又给王安石写信，说吕惠卿是趋炎附势之徒，以后一定会为了自己的利益出卖他。然而王安石为人固执，他此时一心只想改变宋朝一直以来积贫积弱的局面，只当这是反对者的造谣。

1072 年，郑侠任期已满，进京述职。王安石这时希望郑侠能在他身边帮他，但没想到，郑侠这些年在地方目睹了变法带来的种种弊端，对变法的态度已经从最初深信不疑的支持转为反对。王安石只觉得心寒，但师生一场，他依然坚信郑侠是对国家忠心耿耿的人才，时常派自己的儿子或者门客去游说他。而郑侠也依然贯彻自己心中的正义，坚决不从。

王安石变法的目的虽好，但落地很难，负责执行的官员经常层层加码，令老百姓苦不堪言。加上吕惠卿等人的篡改和隐瞒，王安石在不知不觉之中陷入了他无法掌控的泥潭。

1074 年，郑侠献上《流民图》，直述饿殍遍野，民不聊生，并请求废除新法。宋神宗大惊，自此，王安石罢相，返回江宁钟山隐居。离开前，他还嘱咐吕惠卿，希望他能继承他的理想，虽然艰难，但一定要改变僵局。

王安石为人正直清廉，即便是旧党，论及他的人品，很多人也并无二话，但王安石却并不懂人心叵测。他罢相后，吕惠卿为了防止他复位，开始了一系列操作。为了扶持自己的党羽，他推举不学无术的弟弟吕升卿为官，同时铲除异己，将郑侠流放，构陷曾反对自己的冯京。他还羞辱王安石的弟弟王安国，将其削职放归，间接造成了王安国的病逝。自此之后，王安石才彻底认清了吕惠卿的真面目。

1075 年，因吕惠卿权势滔天，无人制衡，宋神宗派遣使者秘密召回王安石，而那首《泊船瓜洲》正是写于他即将返京之时。

京口瓜洲一水间，钟山只隔数重山。

春风又绿江南岸，明月何时照我还。

这首诗看起来很简单，背后的感情却很复杂。返京之旅，船只停靠瓜洲。想不到时隔不到一年，他又要重入京城。眼下，只要翻过重峦江水，他便再次有了实现自己梦想的机会。他恍惚想起曾经读书的日子，囚首丧面，不甘退步；又想起十年前在清凉寺第一次看到郑侠的那一刻，他像极了曾经的自己。但再回头，自己已年过半百，一生倥偬。明月可昭，他从来不曾怀疑自己的用心，可这几年看来，自己似乎众叛亲离。引以为傲的学生反对他，身边的亲信想置他于死地，故交和弟弟也站出来指责他的不对。他为了这个变法，似乎付出了太多。这一刻，他才突然明白，这世间最难揣测读懂的不是学问道理，而是人心。"春风又绿江南岸"，那个一腔热血的王安石是真心希望如此，可他内心的声音在经历一次次背叛之后，终于发出疲惫的询问："明月何时照我还？"你们试着想象一下这种感情：我问心无愧，但我还是累了。

果然，进京之后，王安石孤立无援，第二年长子去世，他更是痛心疾首，最终又辞去了宰相之位。

1076 年，二次罢相后，他孑然一身，回到了江宁府，自此隐居钟山。此时，他心灰意懒，又心有不甘，于是写下"墙角数枝梅，凌寒独自开。遥知不是雪，为有暗香来"。他一如这树寒梅，孤绝于世，恰如当时少年不畏浮云的壮烈。此后他又有词篇："百亩中庭半是苔，门前白道水萦回。爱闲能有几人来？小院回廊春寂寂，山桃溪杏两三栽。为谁零落为谁开？"这是他的暮年末路，一生问心无愧，终无人能解。哪怕换来后世百年骂名，他亦曾一往无前。真是古今多少事，都付笑谈中。

1086 年，王安石病逝。流云伴着霞光，若隐若现，仿佛从来如此。

什么样的人值得敬佩？伟大？崇高？一丝不苟？克己奉公？舍己为人？完美无瑕？我想，也许标准并没有这么高。一个一生都在贯彻自己信念的人，就足够值得敬佩。在这五光十色的斑斓世界中，有人荣不自傲、贫不自贱，乱花不曾迷人眼。红尘的爱恨来来往往，世人的争议从不曾消弭，但哪怕来日风雪倾头，他仍傲寒独立。功过是非，留给后人去评说吧。浮云遮眼，明月照我，此生我亦独往。

秦观

吾爱吾师

山抹微云，天连衰草，画角声断谯门。
暂停征棹，聊共引离尊。

山抹微云，天连衰草，画角声断谯门。暂停征棹，聊共引离尊。多少蓬莱旧事，空回首、烟霭纷纷。斜阳外，寒鸦万点，流水绕孤村。

销魂，当此际，香囊暗解，罗带轻分。谩赢得、青楼薄幸名存。此去何时见也？襟袖上、空惹啼痕。伤情处，高城望断，灯火已黄昏。（《满庭芳·山抹微云》）

几年前我因为喜欢这首词，跑去秦观的故乡高邮游玩，在逛文游台四贤祠时听人说起，当时苏轼在读到这首词后非常欣赏，便为秦观取了"山抹微云君"的称呼。一传十十传百，百传千千万万，名声就这样响了起来。"风流不见秦淮海，寂寞人间五百年"，连秦观也不曾想到，几百年后的人们依然会如此想念他。而每当我想起秦观跌宕起伏、漂泊无踪的一生，思绪就会回到这首词，回到苏轼给秦观取名打趣的那个瞬间。像这样极其重要的小事，或许它在秦观、苏轼彼此漫长的人生中显得微不足道，但从旁人来看，却如粼粼波光，揉碎了许多风尘。

1049年，秦观出生于江苏高邮一户耕读之家。他自小聪慧，博览群书，最喜欢老庄的潇洒慷慨，又志于幽玄，爱读神鬼仙佛。然而在他十五岁时，父亲去世，家道中落。振兴家族的重担突然落到了他的肩上，恍如一只大手要把他从梦中摇醒。

十九岁时，秦观娶了当地富商千金徐氏为妻，从此成家。接下来他本该立业求取功名，但当时年少，他遍游江南，流连秦楼楚馆，结交佛道两路，饮酒醉歌，对科举完全不屑一顾。这样的生活持续到他年近三十岁时，他猛然回头一看，全族四十余口人，不过房屋数间，薄田百亩，花费日重，逐渐拮据。这一次，他不得不从梦中醒过来。"光耀门楣"背面刻着的是"养家糊口"，这八个字夹击着他，逼着他进取。

1078 年，秦观遇到了改变他一生轨迹的人。当时苏轼调任徐州，秦观前往拜谒。随后他作《黄楼赋》，苏轼看了大为惊叹，说他有屈原、宋玉之才。接下来，秦观便陪着苏轼一同游览了苏杭各地。在苏轼的鼓励下，秦观开始准备科考。两度参加，两度落榜。直到 1085 年，秦观三十六岁时，终于考中进士。两年后，又是在苏轼的引荐下，他成为太学博士，后官任秘书省正字。

苏轼可以说是秦观前半生的贵人，可他不知道的是，他余生的不幸也自此开始。1092 年，经历过"乌台诗案"后的苏轼曾被短暂地调任回京，也再度见到了他的学生们。其中的佼佼者为黄庭坚、秦观、晁补之、张耒，世称"苏门四学士"，秦观更是其中翘楚。秦观跟着老师以及师兄弟们一同畅谈文学、共论国事，度过了一段快乐的时光。

然而另一方面，秦观进入官场不久就被卷入党争之中。他是苏轼门人，新旧两党皆视其为仇敌；有人以他年轻时行为不检为由攻击他，并以此牵连苏轼。那时的秦观初出茅庐，被夹在两党中间，受尽迫害，萌生了隐退的心思。他本就无意仕途，若不是当初为了生计，凭他单纯狂放的性格，是绝不会踏足官场的。但是他转念又想到如今师门危难，自己弃之不顾是为不义，万万不可。

1093 年，宋哲宗亲政，新党得志，苏轼与四学士接连被贬。苏轼去了广东，黄庭坚去了重庆，晁补之到了安徽，张耒到了湖北黄州，而秦观则被一贬再贬去了湖南。

途经长沙时，他遇到了一位歌姬，两人相爱，他获得了短暂的温存。于是他写下了那首《鹊桥仙》：

> 纤云弄巧，飞星传恨，银汉迢迢暗度。金风玉露一相逢，便胜却人间无数。
> 柔情似水，佳期如梦，忍顾鹊桥归路！两情若是久长时，又岂在朝朝暮暮。

这首诗写得极美，且具有非常强的画面感。试着想象，轻盈的彩云被风吹拂，不断幻化成各种巧妙的花样，偶有流星划过，传递相思的愁怨。而无垠星河遥不可及，今夜我将悄悄渡过。正如秋风和白露相逢，胜过红尘无数眷侣。这句其实是借用牛郎织女七夕相会的典故，代入自己和情人的相会。

来到郴州，他一直盼望着哪天回去接她，可不久他又被贬到了广西横州。离开郴州之际，他写下了《踏莎行》：

> 雾失楼台，月迷津渡。桃源望断无寻处。可堪孤馆闭春寒，杜鹃声里斜阳暮。
> 驿寄梅花，鱼传尺素。砌成此恨无重数。郴江幸自绕郴山，为谁流下潇湘去。

清末学者冯煦曾这么评价："淮海、小山，真古之伤心人也，其淡语皆有味，浅语皆有致，求之两宋词人，实罕其匹。""小山"指的是晏几道，而"淮海"则是指秦观，这两人的词都透露着伤心断肠之感。晏几道追忆逝去的梦幻，"琵琶弦上说相思，当时明月在，曾照彩云归"。而秦观则把自己漂泊苦难的人生寄托在情词之中。他的希望一再落空，想来少年狂傲，也曾有"最好金龟换酒，相与醉沧州"之句，如今四海飘零，迷失楼台津渡，颜色全无。这样的经历，彻底激发了他骨子里的悲凉。之后他的词一首接着一首，写尽断肠。

1099 年，秦观被贬广东雷州，这是他生命最后的时刻。他的晚年生活充满黑暗凄厉，四下无亲，妻子都在万里之外，鸟兽飞走，虫怪猖狂。他甚至在夜里为自己写好了挽联，悲叹"亦无挽歌者，空有挽歌辞"。这时，他已经做好了死亡的准备。

第二年，宋哲宗驾崩，宋徽宗即位，大赦天下。很多被贬在外的官员被召回，秦观以及他的老师苏轼就在其中。当时在海南儋州的苏轼北上，与秦观相聚。算来师生相识二十余年，又一别六年，回顾昔日皆光彩，如今落魄两衰翁。相顾无言，只剩苦涩。于是他写下了这首《江城子》：

　　南来飞燕北归鸿，偶相逢，惨愁容。绿鬓朱颜，重见两衰翁。别后悠悠君莫问，无限事，不言中。
　　小槽春酒滴珠红，莫匆匆，满金钟。饮散落花流水、各西东。后会不知何处是，烟浪远，暮云重。

通篇读来都是欲说还休，一切尽在不言中。秦观一生的命运都和苏轼息息相关，从他最初仰慕苏轼，"我独不愿万户侯，唯愿一识苏徐州"，后来如愿拜入苏轼门下走上了仕途，到后来他因为苏门学生的身份被一贬再贬。遇到苏轼是他的幸运，也是他的不幸。

回看他这一生的际遇，本旷达自由，却要背负振兴家族之责；本无心功名，却被利锁名缰所困。如果能无情做个小人，背信弃义，即可解脱苦海，可他偏偏知恩图报，不曾二心；若能豁达堪破命运，苦寒梅香，亦能绝处逢生，可他偏偏脆弱忧郁，至死方休。他一辈子身不由己，己不由心，换来的结果就是万不得已，无可奈何。

而再看苏轼，几个月后收到爱徒死讯的他，正在北归的路上。他颤巍巍地读着书信，痴痴不语。此时已六十四岁的他，体弱多病，光彩不复从前。"秦观已矣，虽万人何赎？"他如此说道。之后他又抬头看了看近旁风餐露宿的家人，他们个个枯瘦疲惫，人丁消减大半。想不到，到底想不到，平生一甲子，最想守护的人没守住，最想成就的事没做成，到如今亲朋尽丧，孤雁难鸣。次年春天，他写下了这样的句子："心似已灰之木，身如不系之舟。"天涯逆旅，行人归途，纵使豁达乐观不自弃，奈何天不怜见。

同年八月，夏蝉聒噪，天地蒸腾，苏轼于漂泊中病逝，终化作长恨青烟，散入这喧嚣红尘。或许，在另一个世界，他们会再一次重逢。而他，也依然会笑着张开双臂，用力地、紧紧地拥抱秦观。

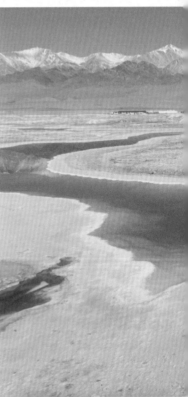

李清照

看取晚来风势，故应难看梅花

常记溪亭日暮。沉醉不知归路。
兴尽晚回舟，误入藕花深处。
争渡，争渡，惊起一滩鸥鹭。

我小时候在姥姥家长大，从记事起，我经常一个人在家。姥姥是医生，退休之后和舅姥爷一起开了一个小诊所，每天忙得脚不沾地；父亲是兵工系统的工程师，天天出差；母亲是英语老师，带毕业班，天天盯着一群调皮捣蛋的学生；因此大家也没太多工夫限制我的娱乐活动。况且在九几年，互联网尚不发达，孩子们除了疯跑也没什么娱乐活动，电视看来看去也就那几个台。

　　姥姥家有一个大纸箱子，专门用来装各种书，大部头、名著、字典、漫画、《知音》、《故事会》，群英荟萃，什么书都有。于是看书就成了我重要的精神娱乐活动，好几个暑假我都是守着这个大箱子度过的。

　　有一年暑假，大人去上班后，我跑到阳台，拿出诗词选翻看："昨夜雨疏风骤，浓睡不消残酒。试问卷帘人，却道海棠依旧。"窗外雷声不断，大雨自天空倾盆而下，街道无人，偶尔传来邻居家小狗的叫声。我安静地读词，心里雀跃，笃定这个时刻只属于我。所以，长大后的我对李清照多了一种情感，我把她当作曾陪伴自己同行的人。

　　然而长大后，每次想到她，总有些画面萦绕在脑海。那是七十岁的李清照，苍老疲惫，眼间皱纹纵横。她起身来到窗边，用手扶着窗沿，站定了，举目望去。天空辉煌，大地温暖，街上游人如织，南宋的江山不复昨日，生活却依旧长流。她恍惚想起"风住尘香花已尽"这样的句子，大概是二十年前写下的，而"一种相思，两处闲愁"却是五十年前的故事了，她的思绪一下子飘向更遥远的远方。天光游移不定，阴晴变幻全照在她写满岁月的脸上。"真是漫长的一生啊……"她轻轻脱口而出。

正是花期

元丰七年（1084年），司马光耗时十九年终于完成了《资治通鉴》。而苏轼离开黄州，赴任汝州，在路上，他的幼儿不幸夭折。黄庭坚被贬德平，一年后在这里写下了那句"桃李春风一杯酒，江湖夜雨十年灯"。也是这一年，李清照出生。

李清照的父亲李格非是苏门后四学士之一，李家世代书香门第。李清照自幼便博览群书，十几岁时凭借《如梦令》轰动京师：

> 常记溪亭日暮。沉醉不知归路。兴尽晚回舟，误入藕花深处。争渡，争渡，惊起一滩鸥鹭。

> 昨夜雨疏风骤。浓睡不消残酒。试问卷帘人，却道海棠依旧。知否，知否？应是绿肥红瘦。

她在读了苏门四学士之一的张耒的《读中兴颂碑》后，立马写了《浯溪中兴颂诗和张文潜二首》，引得张耒称道。这个有着天纵之才的小女孩，虽藏身闺中，却逐渐在北宋文人圈中声名鹊起。

1101年，李清照与大她三岁的赵明诚成婚。两人才华、相貌、门第皆是天作之合。当时仍在太学的赵明诚，每次休假回家都会拉着李清照去相国寺的市场，穿过烟火云雾和人声鼎沸，挑选喜欢的金石文玩。他们还会寻亲访友，借来珍贵的古籍，连夜点灯，一人口述，一人抄写。如果这个世界真的有神仙眷侣，一定是他们这样。

1102 年至 1107 年这看似短暂的五年，却是他们人生重要的转关口。1102 年，宋徽宗任用蔡京为相，随后开始整顿旧党。司马光、苏轼等三百多人被列为元祐党人，称作"奸党"。李父李格非身在其中，被罢官免职。而赵父赵挺之却一路高升，拜尚书左丞。李清照为了救父，不断给公公赵挺之写信求情，但都无济于事。随后，李格非被打回原籍。次年，朝廷下令两党不得通婚，因受到牵连，李清照被迫与赵明诚分别。但紧接着，赵挺之称相，与蔡京分庭抗礼。再后来蔡京被罢相，继而大赦天下，李清照得以重新入京与赵明诚相聚。可惜不过半年，蔡京复位，赵挺之病逝，赵家被害入狱，随后被剥夺荫封，李清照便跟随赵家一同回到山东青州，自此隐居。她效仿陶渊明，建归来堂，自号"易安居士"。此时是 1107 年，未来的南宋开国皇帝赵构也在这一年出生，危机和转机彼此交织。

而那首著名的《一剪梅》便是在这场漫长煎熬的风波中所写：

红藕香残玉簟秋。轻解罗裳，独上兰舟。云中谁寄锦书来？雁字回时，月满西楼。

花自飘零水自流。一种相思，两处闲愁。此情无计可消除，才下眉头，却上心头。

这首词堪称古代相思之绝，每一句都是经典。

红藕香残，是说红莲残败；玉簟，指的是光滑如玉的竹席。从室外写到室内，莲花败尽，竹席冰凉，她回过神来突然发现，原来已经是秋天。接下来的"轻解"，不是解开，而是"提起"的意思。她提起丝裙，独自登上一叶扁舟。所谓"兰舟"，出自任昉《述异记》：当时浔阳江中有木兰洲，木兰洲中有许多木兰树，是昔日吴王种植，后来鲁班用木兰树做船，因此有了兰舟的说法。

"云中谁寄锦书来？雁字回时，月满西楼。""锦书"典故出自《晋书》，说的是前秦时期的刺史窦滔在外，他的妻子非常想念他，便织锦写诗给他。所以这一句表面看来是李清照在等锦书，但其实是她先给对方写信，她等的是回信。那什么叫"雁字"呢？大雁飞行时往往会排成"人"字形，所以"雁字回时"也有另一层意思，就是人回时。仰望云天，盼着你回来，不知不觉，夜已悄然而来。再看月光如水，洒满西楼。回看他们的一生，其实经历过很多次生离死别。他俩虽然恩爱，但他们的父亲却是对立派。李清照曾经因为父亲被贬受到牵连，被迫和赵明诚分开一段时间。后来赵明诚想尽各种方法，两人才终于团聚。

"花自飘零水自流，一种相思，两处闲愁。"这句是说，不管你如何想，花本就是会凋零的，水也本就是要漂流的，自然可不会因为你的思念忧愁而停下。因为大自然不共情，所以这份心绪也只能属于我们。整句写得非常细腻，也是我最喜欢的一句。以往总觉得难过的时候看什么都觉得难过，寄情于景，但李清照却在这里说，花水有花水的路程。在此刻，这份因为牵肠挂肚而忧愁绵延的思念，辽阔广袤的世界对此毫不知情，它完完全全只属于我们。这就是爱情，盛大壮观，是独属于两个人的演出。

"此情无计可消除，才下眉头，却上心头。"实在是无可奈何，它就是要缠着我们，这是一种幸福的烦恼。"才下眉头，却上心头"，一会儿在紧蹙的眉间，一会儿又在我怦怦乱撞的心里。忐忑、期待、失望、惊喜，这些错综复杂的感情杂糅着一起袭来，并在月照夜半，在微微风时，具名为爱。

夜雨风寒

李清照和赵明诚在青州一住便是十四年。这段时间，他们的生活虽然不比京城富足，但同样快乐。闲暇时，夫妻二人赌书泼茶，钻研文稿，收集金石，并逐渐完成了《金石录》的写作。有一次，赵明诚曾无意中从乡友手中看到白居易手书的《楞严经》，大为欣喜，第一时间想到的，是要与李清照同看。于是他便立刻骑着马一路狂奔回家，两人一起看书至深夜。

但同时，赵明诚为了养家，要去外地赴任，二人逐渐聚少离多。在家中无聊，李清照逐渐迷上了打牌。她爱喝酒也是出了名的，她不止一次在喝醉后痛哭："酒意诗情谁与共，泪融残粉花钿重。"她甚至一度怀疑赵明诚在外有了新欢。此外，结婚多年，他们一直无后，赵母便怪罪李清照，也大约是这段时间，赵明诚纳妾。李清照写下《凤凰台上忆吹箫》这首词：

> 香冷金猊，被翻红浪，起来慵自梳头。任宝奁尘满，日上帘钩。生怕离怀别苦，多少事、欲说还休。新来瘦，非干病酒，不是悲秋。
>
> 休休。这回去也，千万遍阳关，也则难留。念武陵人

远，烟锁秦楼。惟有楼前流水，应念我、终日凝眸。凝眸

处，从今又添，一段新愁。

每一个字都让人读得心疼。

等到赵明诚将李清照也接到莱州，也就是当时赵明诚的任所，李清照又作诗写道："静中吾乃得至交，乌有先生子虚子。"我的至交是谁呢？子虚乌有罢了。大概这时李清照已对二人感情的变化心知肚明，满腹牢骚又强装镇定，只把心下凄凉化作诗句。

1127 年，靖康之变发生，二帝北狩，而赵构建立南宋。战乱之中，哀鸿遍野，赵明诚丧母南下，青州兵变，李清照携带多年收藏投奔赵明诚。1129 年，赵明诚罢守江宁，弃城而逃。

船至乌江之时，李清照内心凄凉，感慨国将不国，写了那首慷慨激昂的《夏日绝句》："生当作人杰，死亦为鬼雄。至今思项羽，不肯过江东。"

李清照还在《金石录后序》中记载了这样一段往事：赵明诚抛下家眷，独自奉旨入朝。分别的那一天，赵明诚坐在岸边，神采奕奕跟她告别。李清照看着，心里极为不满，就问："如果城中的局势真像传闻中那么紧急怎么办？"赵明诚用手指着李清照说道："跟随众人吧！先扔掉重物，然后是衣服，再次是书卷，唯独宗器不可丢，和你共存亡。"说完他就骑马而去。赵明诚此时全然失态，家国沦丧，还谈什么体面和爱情？只能无能狂怒，把气出在妻子身上。而她此时也已心灰意懒，不说"贫贱夫妻百事哀"，在奔亡逃命之中，又有多少两情相悦敌得过颠沛流离、人世渺茫？

半年后，赵明诚病逝于路上。之后，李清照大病一场，所有人都觉得她可能撑不过去了，但她想到那些两人多年收藏的心血，又

振作起精神，带着十几车辎重，继续冒着战火前行。

花开花落终有尽

1132 年，她终于抵达杭州，可以稍作喘息。可回头看，丈夫病逝中途，文物被盗被抢，散失殆尽。流落异乡，孤苦无依，她身心俱惫。恰恰是这个时候，张汝舟走进了她的生活。他一开始对她百般体贴照顾，让李清照一度以为对方可以依靠。但当张汝舟知道李清照文物尽失，他的本来面目暴露。他开始对李清照恶语相向，拳打脚踢。这个时候，李清照的心凉了下去，她状告丈夫张汝舟，要求离婚。但根据大宋律法，妻告夫要被判入狱。她给远方亲友翰林学士綦崇礼写求助信，她不能这么放弃，她不愿低头，那么难的日子都熬过来了，这次她也必须赢。

当她走出监牢的那一天，她感觉恍如隔世。阳光照在她的脸上，几根头发散落眼前。她本是柔弱痴情的女子，爱风月，爱喝酒，爱写词，爱打牌，爱世间一切美好和热烈的事物。可谁能想到，父亲被害、家道中落、丧国丧夫、所托非人，种种苦难劫数都向着她奔涌而来。"寻寻觅觅，冷冷清清，凄凄惨惨戚戚。"她如此写道，这便是她当时的心境。

1135 年晚春，她避难金华，写下了那首《武陵春》：

> 风住尘香花已尽，日晚倦梳头。物是人非事事休。欲语泪先流。
> 闻说双溪春尚好，也拟泛轻舟。只恐双溪舴艋舟。载

不动、许多愁。

你们还记得吗？她十几岁名动京师的那首《如梦令》。当时少女沉醉不知归路，兴尽晚回舟。如今硝烟下、晚春里、风尘中，却道物是人非事事休，欲语泪先流。不过三十多年光阴，风住花尽，人生的苦她尝得太多了。

此后二十年，李清照漂泊无依，收起了锋芒，不再吟风颂月，只是默默整理亡夫遗作《金石录》。大约 1055 年，七十一岁的李清照于萧索孤独之中病逝。看她这半生，憧憬平淡幸福，求不得；盼望白头偕老，落了空；等待重归故土，终成土。可最后的那一刻，她依旧想起很多少女往事，豆蔻年华，那些一次次支撑着她熬下去的古老却温柔的回忆："想来真是漫长的一生啊，我也终于走到了尽头。"

写完李清照的故事，我想起王小波的一句话。他说："生为冰山，就该淡淡地爱海流、爱风，并且在偶然接触时，全心全意地爱另一块冰山。"

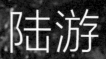

陆游

念念不忘即是一生回响

城上斜阳画角哀，沈园非复旧池台。
伤心桥下春波绿，曾是惊鸿照影来。

有一年春天去杭州旅游，夜里下雨，我突然想起陆游"小楼一夜听春雨，深巷明朝卖杏花"之句，内心忍不住赞叹：那个从前在我心中总是与"铁马冰河"绑定的放翁，到底是怎么写出这样清丽明亮的诗句的？

他被称为"小太白"，六十年间作诗万首，是古代存诗最多的诗人。论深情，他有"曾是惊鸿照影来"；论爱国，他有"位卑未敢忘忧国"；论气魄，他有"楚虽三户能亡秦，岂有堂堂中国空无人"。在他八十多岁行将就木之时，脑海里想着半生不得的昔日爱恋，念着未尝如愿的国仇家恨，含泪写下绝笔《示儿》。梁启超在读完《陆游全集》后曾写道："诗界千年靡靡风……亘古男儿一放翁。"若把他的人生摊开了讲，每一处都是诗篇。

一切的开始

1125 年的秋天，陆游出生。两年后，历史上著名的靖康之乱发生。战火瞬起，陆家一路南逃至山阴，也就是现在的绍兴，落地生根。陆家是书香门第，祖父陆佃师从王安石，父亲陆宰是著名的藏书家。陆游从小耳濡目染，聪慧过人。他十岁观百家，十二岁能作文赋诗。在小的时候，他天天钻进书房看书，偶尔会顺着门缝偷看隔壁长辈谈论国事，可是往日和蔼的父亲叔伯，如今却个个捶胸顿足，涕泗横流。他那时还小，不懂自己为什么也会跟着哭了起来。

等到成婚的年纪，他如愿娶了青梅竹马的唐琬为妻。可是幸福没多久，两人便被陆母强行拆散。自此之后，陆游一直郁郁寡欢。几年后，他在沈园偶遇了已另嫁他人的唐琬，于是写下了名扬千古的《钗头凤》。这两人的爱情堪称是古代文学史上一段极为可歌可泣的传奇。这段故事，我们留在后面单独来讲。

几年后，他离开山阴这个伤心地，进京参加考试，并且名列第一。但因为当时的第二名是秦桧的孙子，所以在复试时陆游被迫落榜。直到秦桧死后，他才终于进入仕途，但从此也开始了他跌宕起伏的一生。

起伏行藏

刚进入朝中，陆游极为耿直积极。看到皇帝肆意加封外臣，他便进谏；看到皇帝玩物丧志，他便劝言。他一心想做个好官，做个忠臣。然而等到宋孝宗即位，他这样的诤臣却显得刺眼扎人。他被一贬再贬，从枢密院编修被贬为镇江通判，又从镇江通判被贬为建康通判，最后，朝廷索性罢免了他的官职。他不甘心，还想要再试一试。随后他进入了王炎军幕之中，在大散关一带度过了八个月的军旅生涯。这几乎是他离复国梦想最近的时候，然而随着王炎的调任，梦想再度落空。

直到四十七岁时，他"细雨骑驴入剑门"，在四川做起了通判。后来他结识了范成大，调任成都参议官。但一切刚有了起色，旧日朝中的敌对势力又开始了对他的诋毁，他再度被罢免。在诡诈的命运面前，他显得是那么无力。

这时，他在浣花溪畔的杜甫草堂边，开辟了一片田地，就此躬耕。别人讥笑他狂放，他便自号"放翁"，洒脱回击。在某一天的夜里，陆游病中挑灯读起了诸葛亮的《出师表》，又想到杜甫当年困居茅庐时的心境，他纵有一腔赤诚热血，终不过沦落凄凉荒野。于是陆游写下了名篇《病起书怀》：

> 病骨支离纱帽宽，孤臣万里客江干。
> 位卑未敢忘忧国，事定犹须待阖棺。
> 天地神灵扶庙社，京华父老望和銮。
> 出师一表通今古，夜半挑灯更细看。

身为国家的子民，该如何自处？"位卑未敢忘忧国"，这就是陆游的答案。我每次想到这里，就很感慨。诸葛亮、杜甫、陆游，三个不同时空的人，面对这个问题，做出了同样的答案。我相信这是一种感召。陆游在他最无助，也最需要外界认同和自我认同的时刻，在浣花溪，在深夜，在病时，偏偏想起了诸葛亮和杜甫。它未发生在别处，它就在此时此刻。

1186 年，他被任命为严州知州，做一方父母官，为政爱民，赢得一片赞誉。随后他被升为军器少监，再入京城。重新走在京城殿前的那一天，和风温柔，旭日高升。他想，也许老天爷开了眼。命运之神在无数次捉弄践踏他之后，终于肯仁慈地一瞥，抬手送他一度清风上云天。他开始进谏新皇帝宋光宗，力图恢复中原，还督促宋光宗广开言路，一切似乎都向着他期待的方向更进一步。然而不过一年，陆游又再度遭到主和派的群起而攻。这一次，他又被罢官辞京。

罢官后，身心俱疲的陆游回到了山阴，他的家乡。不久妻子王氏病故，只剩他老发斑白，居一简陋茅屋，养一狸猫，了此残生。他去了沈园，一次又一次，却只见眼前物是人非，惊鸿照影。他累了，他真的累了。晴时，他坐在园中，看邻居家的儿童打闹奔跑；雨时，他则独自蜷缩屋内，回望这古稀人生：

僵卧孤村不自哀，尚思为国戍轮台。

夜阑卧听风吹雨，铁马冰河入梦来。(《十一月四日风雨大作（其二）》)

这诗写来铿锵，读来悲凉。回看半生，爱人不得，爱国遇阻，数十年苦血尽丧，然而坠落清江不自哀，命运以痛吻他，他却报之以歌。冷雨浇不息梦里烽火，寒风吹不倒心中山河。这就是陆游。

烛火之交

1203 年的初夏，草长莺飞，清风吹拂着碧水，第一声蝉鸣划破日头。山中一间茅屋院落，大门正敞开着，一旁杨柳青青，院中端坐着两个白发老人。其中一个是陆游，而另一个则是当时的绍兴知府辛弃疾。他们一个七十八岁，行将就木，一个六十三岁，力衰多病。两个伟大的诗人在此相会，两个为国奔忙疲惫一生的老人在此相逢。你说，他们会聊些什么？未如意事常八九，可与人言无二三。彼此蹉跎半生，不觉日月光辉散尽，春秋虚负韶华。如今头发斑白，力不可支，只能点一盏长灯，一个叹他的激愤，一个悲他的不甘，直到鸡鸣破晓，今日再照明日。就这样，到头来，心如蜡炬，寸寸成灰，换来一对肝胆苦涩知己。

第二年，辛弃疾入京，准备上奏重启北伐。临行前，陆游伛偻着腰，拄着拐杖，送别辛弃疾。他俩紧握着手，相视许久。自此，同怀一梦，天涯两别。

1207 年秋，辛弃疾在重病之中接到了朝廷的诏令，然而此时他已油尽灯枯，含恨病逝。次年，宋金签订"嘉定和议"，北伐彻底失败。

两年后的某个冬夜，陆游于凄风苦雨之中病逝，大宋另一盏烛灯也熄灭了。临终之际，他留下了那首千古绝唱：

死去元知万事空，但悲不见九州同。
王师北定中原日，家祭无忘告乃翁。(《示儿》)

好一个"万事空"，好一个"无忘告"，这两个词道尽了他的一生。求不得，爱别离，国有恨，终难成，可到头仍万事皆空；梦里寻，天涯觅，上穷碧落下黄泉，八十年宿沙饮冰，不忘初心，总归难凉热血。

有一种意难平叫《钗头凤》

看完陆游的故事，大家也多少了解了陆游的为人。但就是这样耿直忠良的陆游，一生也仍有曲折缱绻的意难平。这就是《钗头凤》背后的故事。

《钗头凤》可以说是陆游一生中绝无仅有的存在。他号称写诗上万首，至今存诗九千多首，词一百多首。翻遍这些诗词，要么是写家国天下，要么是写日常生活，几乎找不到儿女情长。所以，《钗头凤》注定别具意义。它本名"撷芳词"，相传是北宋时期皇家园林撷芳园的名字。后来有个无名氏用这个词牌写了首词："都如梦，何曾共，可怜孤似钗头凤。关山隔，晚云碧，燕儿来也，又无消息。"从此词牌名改为"钗头凤"。仔细品一下这首词你就会发现，陆游特意用这个词牌来写，可以说是有意为之。

红酥手。黄縢酒。满城春色宫墙柳。东风恶。欢情薄。一怀愁绪，几年离索。错错错。
春如旧。人空瘦。泪痕红浥鲛绡透。桃花落。闲池阁。山盟虽在，锦书难托。莫莫莫。

上阕第一句："红酥手。黄縢酒。满城春色宫墙柳。""红酥手"说的是女人酥腻红润的手，指的是唐婉，说明此时唐婉风采依旧，至少在陆游心里是这样的。也有一种说法是，红酥手指一种点心。结合后面的内容，我个人倾向于是指女性的手，这会使画面感更加具体动人。黄縢酒，以前的官酒是用黄纸封盖的，所以指代美酒。满城春色的好时光，我们再次相遇，你美貌依旧，手指红润，端来美酒招待我，可是此时，你却已经像宫墙之内的柳树一般，遥不可及。这首词是陆游和唐婉分别多年后在沈园偶遇时所写。为什么陆游会把唐婉比作宫墙柳呢？因为唐婉改嫁的赵士程就是皇室宗亲。

红酥手、满城春，这形容的是陆游心中至爱唐琬，而黄滕酒、宫墙柳，说的却都是拦在他们之间的阻碍。

"东风恶。欢情薄。"东风本来是春天回暖的象征，但东风却摧残柳树。这里是暗喻唐琬当年受到了陆母等人的伤害。他俩本来也是父母之命，媒妁之言，但后来陆母却逐渐对唐琬不满，棒打鸳鸯。

"一怀愁绪，几年离索。错错错。"这是讲东风摧残欢情而带来的后果。陆游想告诉唐琬，自从他们分别之后，几年来满怀愁绪，只剩萧索。错错错，连用三个错，每一个错，都好像在否定之前的自己。他错在遵从了母命，错在失去了爱人，而终究错在自己的无能和懦弱。

下阕第一句："春如旧。人空瘦。泪痕红浥鲛绡透。"当年他们一起来过沈园，携手看过同样的风景，所以叫"春如旧"。可如今物是人非，心境大变，所以才有了"人空瘦"。"泪痕红浥鲛绡透"，浥，就是湿的意思。红浥表面意思是，眼泪打湿了脸上的红胭脂，造成了红泪，深层的含义其实就是血泪。鲛绡，我前面讲《锦瑟》时提过这个典故，南海有鲛人，一直在织绡，也就是织薄纱，织到眼泪成珠。所以这句的意思明白了吗？当时唐琬和陆游两个人再度相聚，赵士程给了他们一个独处的机会。所以这个画面，写的就是唐琬再次面对陆游时如泣如诉的场景。

"桃花落。闲池阁。"桃花落同样也是东风恶的结果，东风不止，结局就是桃花落在了空空如也的池阁上。落，说明这已经成了一种既定事实，是一种木已成舟的悲剧。

所以最后陆游说："山盟虽在，锦书难托。莫莫莫。"显然，陆游和唐琬也曾经海誓山盟过，这种约定至今依然存在，但却是"虽在"，透露着一种深深的无奈。而锦书是一种情爱的象征，接着的却是"难托"。所以即便山盟虽在，但此时他们已经各自婚嫁，一切都无法挽回了，陆游即便想，也无法再给唐琬写信传书。那就"莫莫莫"，算了，罢了，再也不要了。这三个字，字字捶在陆游和唐琬彼此的心口，二人从此天各一方，直至阴阳永隔。

这就是陆游的《钗头凤》。写完这首词后，没过多久，唐琬去世。如果故事也随斯人已逝而结束，那么作为看客的我们心情也不会如此复杂，大不了骂一句陆游"渣男"，就把这个事抛在脑后。但人性和情感最复杂的地方恰恰就在于，它不是黑白分明的，爱憎两端总是纠缠在一起。也正是因为情结哽在心头，久久不散，世间才有了传奇。

六十八岁时，陆游再游沈园，题诗《禹迹寺南有沈氏小园》。小序云："禹迹寺南，有沈氏小园。四十年前，尝题小阕壁间。偶复一到，而园已三易主，读之怅然。"

陆游七十五岁时，唐琬逝世已近四十年。陆游重游沈园，再作《沈园》一诗：

城上斜阳画角哀，沈园非复旧池台。

伤心桥下春波绿，曾是惊鸿照影来。

一句"曾是惊鸿照影来"，凄苦不忍多读。《宋诗精华录》评："无此绝等伤心之事，亦无此绝等伤心之诗。就百年论，谁愿有此事？就千秋论，不可无此诗。"

八十一岁时，陆游梦游沈园。醒后，感慨作诗《岁暮夜梦游沈氏园两绝》。

八十四岁时，陆游不顾年迈体弱再游沈园，作《春游》，诗云：

沈家园里花如锦，半是当年识放翁。

也信美人终作土，不堪幽梦太匆匆！

　　白发老翁跨越近半个世纪的回望与追思，往事幕幕落在心头，谁会不动容呢？青春已逝，有些错误终究是要用余生来背负。世人总想人生无悔，但人生若真的无悔，未免苍白。念念不忘，是否真的会有回响仍未可知，可我总觉得，这念念不忘本身，就是回响。

马作的卢飞快，弓如霹雳弦惊。

了却君王天下事，赢得生前身后名。

可怜白发生。

辛弃疾

英雄至此，何必英雄

在讲古代诗人时，我心中常有一种感情，叫"不忍"。因为我已经先于我的读者、我的听众知道了他一生的荡气回肠和寂寞苦楚，故而我要一次次用自己的力量，去重新刻画他的形象，勾勒他的轮廓，将他生命的质感和重量，千千万万次地传达。我不忍，在于害怕把他讲得浅薄狗血，唤起别人廉价的同情；我不忍，也在于站在全知视角的我，已经洞悉一个人生命的所有伏笔和走向，却仍旧无力改变。他们都曾真实地存在过，爱过，恨过，怅惘过，得意过，他们的歌哭笑泪就挥洒在这片土地上。

这一切都是真的。

成为英雄

1140 年，此时距离靖康之变已过了十三个年头。所谓靖康之变，指的是靖康二年金朝南下攻取北宋首都东京汴梁，掳走宋徽宗、宋钦宗二帝，导致北宋灭亡。这时北方大片区域沦为金国土地，一时家破人亡，流民遍野。当时的人们，运气好的，顺利南下安家；运气差的，在战火流离中丧生。而这二者之间的，难说幸运，亦难说多舛，土地根系深重，带不走，只能留下各安天命。有权的，或侥幸被俘，遇上大恩，还能得个一官半职；没权的，被抓壮丁沦为奴役，妻离子散。岁月从此逝，一川分千江，历史的一个褶皱就轻易改变了很多人的命运。

这一年五月的一天，在山东济南历城一户姓辛的家族中生下一名男婴。他的爷爷辛赞因为极其敬重钦慕西汉名将霍去病，想到如今国土沦丧，便将热血抱负寄托在了这个孩子身上，为其取名辛弃疾。

辛赞当时因为族人众多，便没有选择南迁，而是留在沦陷区图存。但他一心想着有朝一日能够冲上战场，为国捐躯。在辛弃疾小的时候，爷爷便经常拉着他出门登高望远，指画山河。辛弃疾一边看着脚下的土地，一边听着口若悬河的爷爷讲历史，报国热情自此深埋心中。平日里，他既苦练武艺，又熟读兵法，兼学古文诗词，文武双修，为的就是有一日能派上用场。在他十四岁时，以进京赶考为由去燕山考察地形；十七岁时二进燕山，亲手画地图，为日后做准备。

绍兴三十一年（1161年），金主完颜亮大举南侵。二十一岁的辛弃疾聚集了当地两千多名热血男儿，参加了由耿京领导的一支声势浩大的起义军。而辛弃疾因为读书能文，在队伍中担任掌书记。

当时队伍里有个叫义端的和尚私自盗走了军中的大印，准备献给金兵，以谋个一官半职。可偏偏掌管这军印的就是辛弃疾。他一来有职责在身，二来刚正不阿，最恨背信弃义之徒。知道此事后，他连夜骑马捉拿义端。于是就有了接下来这样充满江湖电影气息的场景。

月光皎洁，照着大河两端，山林曲径通幽，一路铺着银光。从远处看，两人骑马而奔，一前一后，前面跑的那个光头，满脸慌张，时不时回首张望；后面追的那个少年，一手拉着马缰，一手持着一柄寒光剑，怒发冲冠。眼看着就要被追上，和尚大慌，一个回马枪甩了过去。少年面不改色，一个闪避，抬手一剑刺穿对方胸口，那人随即倒地。这少年就是辛弃疾，勇猛无畏。

而真正让他声名鹊起的是之后发生的一件事。当时金军内乱，完颜亮在前线被部下所杀。金军北撤时，辛弃疾奉命南下与南宋朝廷联络，欲以合力之势围攻金军。但在返程途中，他得知张安国投敌叛国，并将耿京杀害。血气方刚的辛弃疾怒从心起，亲率五十名骑兵前往捉拿叛贼。他以雷霆万钧之势，从五万之众的金军大营活捉张安国，又千里狂奔至建康，将其交给南宋朝廷处置。

此战一出，辛弃疾声名大振，自此改变了他一生的命运。回过头来看，这既是英雄的起点，却也是英雄的顶峰。

苟且梦想

1164 年，二十五岁的辛弃疾因为战功被任命为江阴签判，从北边的沦陷区迁居南宋，开始了他的新生活。他本想着能就此领兵作战，收复失地，却没料到一切事与愿违。

二十六岁时，激情慷慨的他便向刚刚即位的宋孝宗献上了著名的《美芹十论》，从审势、察情、观衅、自治、守淮、屯田、致勇、防微、久任、详战等方面，陈述自己的用兵之道，希望能够获得新皇帝的信任，实现复国中兴的理想。然而，平生以气节自负、以功业自诩的辛弃疾，根本没有想到自己将会面对怎样的宦海危途。当时南宋朝廷对"归正人"心有嫌隙，不甚信任。所谓"归正人"，也就是投归正统之人，指的是那些从外邦返回本朝的人。而辛弃疾来自北方金国统治区，而且其祖父辛赞曾在金国任职。这样的出身，让他很难获得统治集团的信任。

因此，即便他一次又一次地证明自己的文韬武略，依旧不得重用。南宋朝廷先后把他派到江西、湖北、湖南等地担任转运使、安抚使一类重要的地方官职，负责治理荒政、整顿治安，英雄一生也只能唱着孤寂的挽歌。

几年后，他登建康赏心亭，回望昨日梦想，如今已然成灰，悲愤地写下了那首《水龙吟》：

> 楚天千里清秋，水随天去秋无际。遥岑远目，献愁供恨，玉簪螺髻。落日楼头，断鸿声里，江南游子。把吴钩看了，栏干拍遍，无人会、登临意。
>
> 休说鲈鱼堪脍。尽西风、季鹰归未。求田问舍，怕应羞见，刘郎才气。可惜流年，忧愁风雨，树犹如此。倩何人唤取，红巾翠袖，揾英雄泪。

这个时候，他或多或少会再度回忆起，那个十七岁时二进燕山的少年，以及二十五岁时于万人之中擒贼的侠士。豪烈以歌，悲壮以啸，纵使"把吴钩看了，栏干拍遍"，终究"无人会、登临意"。

另一方面，他在这个时候认识了同样来自北方的范邦彦。范邦彦之前是北方一县令，遭遇战乱，举家南迁。因为境况相似，他们便互相扶持。范家有一女，名叫范如玉，白璧无瑕，知书达礼。辛弃疾对其一见倾心，与之结为夫妇。

人生总不至于处处事与愿违，即便官场失意，就生活而言，辛弃疾还是掀开了新的篇章。他的生活比起从前在沦陷区过的日子，要舒适惬意得多。

田园牧歌

辛弃疾四十一岁时任调江西安抚使，开工兴建带湖庄园。他根据带湖四周的地形地势，亲自设计了"高处建舍，低处辟田"的庄园格局，并对家人说："人生在勤，当以力田为先。"因此，他把带湖庄园取名为"稼轩"，并以此自号"稼轩居士"。他也意识到自己"刚拙自信，年来不为众人所容"，所以早已做好了归隐的准备。果然，同年十一月，由于受弹劾，辛弃疾被罢官。此时带湖新居正好落成，辛弃疾回到上饶，开始了他中年以后的闲居生活。此后二十年间，他除了有两年一度出任福建提点刑狱和福建安抚使外，大部分时间都在乡闲居。

平日里他最爱喝酒，有时醉倒松树边，对着松树说"我没醉"。时而风吹松动，他还以为是对方要扶他，便"以手推松曰去"。妻子范如玉看在眼里，只是默默照顾他，在酒醒后拿他打趣。担心他酒喝多了伤身，范如玉便摆出"妻威"，要求他戒酒。辛弃疾呢，表面上答应，背地里却偷喝。后来被抓现行，羞愧难当的他在家里墙上写满了感谢妻子提醒的诗句。

某一年的元宵佳节，辛弃疾和夫人一同游玩赏灯，车马来往，人群川流不息，他们只循着热闹去，却在热闹之中，两两失散，于是有了这首传诵千古的词篇：

> 东风夜放花千树。更吹落、星如雨。宝马雕车香满路。凤箫声动，玉壶光转，一夜鱼龙舞。
>
> 蛾儿雪柳黄金缕，笑语盈盈暗香去。众里寻他千百度，蓦然回首，那人却在，灯火阑珊处。(《青玉

案·元夕》）

这首词到底在写什么，自古以来众说纷纭。有人说是情爱艳遇，有人说是报国无门。于人于国，于情于忠，皆难断，我们也只能透过他的人生观望。他这一生所书写的大多是求而不得：遗落故土，渴望中兴而不得；领兵作战，报效国家而不得；上书陈情，大展雄才而不得。如今这元宵佳节失落人海，佳人何处寻？混沌之中求希望，不正像他这前半生一般吗？"众里寻他"，这"他"便是毕生所求。至于求的是佳人还是报国，又何须那么分明？

在乡下也是好的，远离朝堂，少了诸多钩心斗角的烦恼，对一个武人来说是一件幸事。他有意效仿陶渊明，过些清静的日子。我至今觉得小时候在农村的生活，美好回忆数之不尽，那是与城市喧嚣所完全不同的热闹。群山环抱夜空，漫山遍野传来风吹谷物的簌簌声，多的是蟋蟀、青蛙、夜莺和鸣；赶上时节，萤火虫成群结队组成绿色的篝火。这样的景致，只有在乡下能看到。

辛弃疾在上饶时便写了很多描写乡村生活的词句，比如最出名的《西江月·夜行黄沙道中》：

> 明月别枝惊鹊，清风半夜鸣蝉。
>
> 稻花香里说丰年，听取蛙声一片。
>
> 七八个星天外，两三点雨山前。
>
> 旧时茅店社林边，路转溪桥忽见。

想想看，清风明月，疏星微雨，夜行乡间，卸下警惕，步子轻轻，耳边不再是刀剑拼杀，只听见夏夜蝉鸣起奏，蛙声附和，内心一片澄澈温柔，这样的生活总能治愈一颗疲惫求索的心灵。我是真心喜欢这个时候的他。盖世英雄背后的柔情，微妙又恰到好处的反差。试问，谁会不喜欢呢？

古时每逢社日，也就是祭祀土地神之日，有分社肉的习俗。辛弃疾会拄着拐杖，慢悠悠地走到邻居家里，笑呵呵地跟人家道谢，带一碗社肉回去。趁着夫人没看着，从床头取出自家酿好的白酒，就着肉，偷偷地痛痛快快地喝几杯。

他还会亲自在园里种上梨树、枣树，享受躬身劳动的喜悦，想来以前陶渊明为什么总是要辞官归田，这样的快乐他大概也多少能了解体会了。有时会碰上村里一群贪吃玩闹的小孩，拿着长长的竹竿打果子偷吃。他也不生气，远远地在树下藤椅上坐着，用手撑着脸，静静地看着。家人要去赶，他反倒拦着他们。这时他写道："连云松竹，万事从今足。"一派岁月静好的样子，幸福大抵如此。

梦里看剑

一年冬天，好友陈亮顶风立雪，前来看望辛弃疾。晚上他们纵酒畅谈天下事，指点利弊。此时，他们都是落寞之人，一生抱负，不为所用；说的全是酒后真言，各自委屈。待到睡去，这个陈亮却突然一惊，想起刚才自己言多有失，害怕辛弃疾酒醒后杀他，便半夜盗马而逃。等辛弃疾醒来后得知此事，简直失望难过极了。他与陈亮相识多年，陈亮曾经得罪权贵，自己还设法救过他，如今却也难以推心置腹。是这世道弄人还是人心叵测？他只觉悲烈。于是便有了那首《破阵子·为陈同甫赋壮词以寄之》，表明心志：

醉里挑灯看剑，梦回吹角连营。八百里分麾下炙，五十弦翻塞外声。沙场秋点兵。

马作的卢飞快，弓如霹雳弦惊。了却君王天下事，赢得生前身后名。可怜白发生。

千百年来，世人读此词句时皆千百情绪。惊的是英雄点兵，叹的是醉里看剑，喜的是功成名就，流芳百世，悲的是大梦初醒，一切成空。

越到晚年，辛弃疾心境越发悲怆凄凉。这也许跟身体每况愈下相关，年老力衰，对于身边万事万物皆有有心无力之感。"甚矣吾衰矣。怅平生、交游零落，只今余几。"人生向晚，知交零落，白发空垂。即便是辛弃疾也难逃自然常理，妩媚、狷狂之词读来只觉黯然。此时他的词中，少了少年英气，多了暮年勉强，读着让人动容。每次读到这里，我总会想起那个在月夜骑马追凶的侠客少年，铁骨铮铮，意气风发，那是他真正的黄金时代。而如今，身体和岁月都在如实向他反馈，那段年华已去了。

嘉泰三年（1203年），主张北伐的韩侂胄起用主战派人士，已经六十四岁的辛弃疾被任命为知绍兴府兼浙东安抚使，年迈的辛弃疾精神为之一振。他兴高采烈地跑去觐见宋宁宗，慷慨激昂，大发豪言，认为金国"必乱必亡"，而宋室复兴有望。这一刻，他像极了那个二十五岁时刚刚来到南宋的血气方刚的少年，勇敢无畏，充满热望和胆气。

他知镇江府时，登临北固亭，四下无人，他悄然回望一生，写下了那首千古传唱的名篇《永遇乐·京口北固亭怀古》，再次悲叹这一生的境遇：

千古江山，英雄无觅，孙仲谋处。舞榭歌台，风流总被，雨打风吹去。斜阳草树，寻常巷陌，人道寄奴曾住。想当年，金戈铁马，气吞万里如虎。

元嘉草草，封狼居胥，赢得仓皇北顾。四十三年，望中犹记，烽火扬州路。可堪回首，佛狸祠下，一片神鸦社鼓。凭谁问，廉颇老矣，尚能饭否。

此次一叹，终成绝唱。两年后，他等到了朝廷的诏令，起用他为枢密都承旨，命令他速去临安府赴任。然而此时一切晚矣，他病重卧床不起，上奏请辞。几个月后，他耗尽了生命最后一丝气力。据说在他临死前，仍大喊着："杀贼！杀贼！"

回看他这一生，少年峥嵘，锐不可当，于万人之中擒贼，何等豪烈；中年归隐，从此望断天涯，做那乡村老翁，夕阳下痴看顽童，独吞愁绪，尝尽岁月平淡；而晚年落寞，犹如强弩之末，消亡已注定，但仍要勉强。他耗尽了毕生，最终还是没能盼到他梦里的千秋。英雄至此，何必英雄。

别人笑我太疯癫，我笑他人看不穿。

不见五陵豪杰墓，无花无酒锄做田。

唐伯虎

花落花开年复年

周星驰的《唐伯虎点秋香》深入人心，但历史上的唐伯虎真的是这样的吗？其实我一直觉得唐伯虎和李白在某些方面很像，都是不可一世、金龟换酒的才子。李白不受重用，晚年误入"叛军"永王幕下，而唐伯虎也差点卷入宁王叛乱。不同的是，李白傲世独立仍有进取之心，而唐伯虎之所以放浪形骸，其实事有隐情。所以人们会纳闷儿，他是天之骄子，只要他往那个规定好的方向走两步，再稍微努努力，就可以轻而易举过上别人奢望而不及的生活，可他为什么偏偏不呢？答案就在这首《桃花庵歌》里。这首诗写于1505年，唐伯虎三十六岁之时。这一年，发生了很多事。他远离官场，流落市井，靠卖字画为生；写下了《答文徵明书》，与知交好友分道扬镳；结识青楼艺伎沈九娘，并和她成亲。这一年，唐伯虎让很多故交都很失望。这一年到底发生了什么？我们来回看一下他的前半生。

虎落平阳

他本名唐寅，字伯虎，生于苏州一个商人之家。父亲唐广德经营酒馆为生，唐伯虎是家里的长子，集万千宠爱于一身。唐家祖上世代为官，追根溯源，先祖是前凉陵江将军晋昌郡太守唐辉，这一脉到了隋唐时期，又有了被封为"莒国公"的唐俭。一代一代传下来，到了唐广德这一辈，已经没落。所以，对唐家来说，唐伯虎是父母的希望，他还有弟弟妹妹，从小就也是同辈中的榜样。

他为人洒脱豁达，交友广泛，十三岁结识祝枝山，十五岁又和文徵明称兄道弟，文徵明的父亲文林更是对他青睐有加。他有才又有趣，担得起众人的偏爱。十六岁时，他以第一名考中秀才，十九岁成亲，娶了徐氏为妻。二十岁前，一切顺风顺水，心想事成。

从二十二岁开始，命运让他一点一点体会到了身而为人的复杂。这一年，他的发小刘秀才去世，他第一次体会到了，原来人生中还有一种感受叫作死别。而在随后的两三年间，他的父亲、母亲、妻子、儿子、妹妹相继病逝。命运的敌意仿佛故意只压在他肩头，凛冽的风雪也只往他心窝下。他一下子从那个觥筹交错、纸醉金迷的才子梦中惊醒，跌跌撞撞地从山头滚落，留下青一块、紫一块的瘀青伤疤。

二十多岁，正是人生最璀璨耀眼的年纪，那是他一生的黄金时代。换到今天，二十多岁的我们，也许正在校园里读书、追剧、打球和相爱。我们去看武功山的日出日落，去看理塘的星河长明，去追逐最热烈、最新鲜的一切，去爱，去恨，大不了回家。因为我们知道，家会治愈一切苦涩和疲惫。而唐伯虎，在他人生的黄金时代没有了家。

之后，他陷入了一段时间的低迷，幸好在朋友祝枝山等人的鼓励下他没有放弃。二十九岁，他与文徵明一同参加乡试，高中第一。第二年，他进京参加会试，可没有想到的是，又发生了震惊朝野并改变他一生轨迹的大事。

弘治十二年（1499 年），当年京城会试的主考官是程敏政和李东阳。程敏政是礼部右侍郎兼翰林院学士，而李东阳则是文渊阁大学士，才名远播。二人都很厉害，出题刁钻，所以有很多应试者答不上来。但其中有两张试卷脱颖而出，切题的同时还能够使用优雅的文辞。程敏政脱口而出："此两张卷子一定是唐寅、徐经二人。"后来这件事被传出来，有人怀疑是程敏政卖题，闹得满城风雨。

《明孝宗实录》记载，给这件事煽风点火的是当时的户科给事中华昶，他的奏章中是这么写的：

> 国家求贤，以科目为重，公道所在，赖此一途。会试，臣闻士大夫公议于朝，私议于巷：翰林学士程敏政假手文场，甘心市井，士子初场未入而《论语》题已传诵于外，二场未入而表题又传诵于外，三场未入而策之第三、四问又传诵于外。江阴县举人徐经、苏州府举人唐寅等狂童孺子，天夺其魄，或先以此题骄于众，或先以此题问于人。此岂科目所宜有？盛世所宜容？臣待罪言职，有此风闻，愿陛下特敕礼部，场中朱卷凡经程敏政看者，许主考大学士李东阳与五经同考官重加翻阅，公焉去取，俾天下士就试于京师者，咸知有司之公。

于是明孝宗下令大学士李东阳以及其他试官进行复审，最终证明徐、唐两人皆不在录取之中，但就算这样仍然无法平息舆论。明孝宗又令锦衣卫刑讯审查，也并没有查到实际证据。

这件事的最终结果是：徐经进京拜见程敏政时曾经送过见面礼；唐伯虎也曾用一个金币向程敏政乞文。于是他们都被削除仕籍，发县衙为小吏。华昶被降职处分，程敏政归家后愤郁而亡。

以唐伯虎的实力需要作弊吗？他是不是被人陷害？很可惜，这些疑问已经没有定论了。能够确定的是，从此以后，他仕途尽毁。他觉得这是奇耻大辱，拒绝赴任，而他的第二任妻子也无法忍受，离他而去。

如果你是这个时候的唐伯虎，你会怎么做，怎么想？人活这一生，到底是为了什么？人们从小学到大，都想着考上一所好大学，找到一份好工作，成立一个好家庭，儿女双全，一辈子眨眼过去。可对于唐伯虎来说，加官晋爵，功成名就，如今都成了梦幻泡影。

终是他乡

自此以后，他彻底沦落秦楼楚馆，日日买醉。有人向他讨词，他便随手一写，颇有当年柳永的风范。比如《一剪梅》：

> 雨打梨花深闭门，孤负青春，虚负青春。赏心乐事共谁论？花下销魂，月下销魂。
> 愁聚眉峰尽日颦，千点啼痕，万点啼痕。晓看天色暮看云。行也思君，坐也思君。

这首词令人想起李清照的《一剪梅》。同样的儿女情长，也同样的细腻婉约。唐伯虎确实是有才华的，但一切命运的苦厄遭际皆向他袭来，沉重不堪，再醒来只有叹息。

在青楼之中，他认识了一个叫九娘的官妓。落魄之时，九娘对他百般照顾，而唐伯虎也问心不问门第，不曾轻看九娘，两人逐渐日久生情。有了九娘后，唐伯虎重拾希望，建桃花庵别业，以卖画为生。两年后，二人生有一女，取名桃笙。

每天，九娘在家操持家务，唐伯虎出门为人作画，女儿就在桃园之中嬉笑打闹。人间幸福大抵如此。就是在此期间，他写下了那首《桃花庵歌》。

桃花坞里桃花庵，桃花庵里桃花仙。桃花仙人种桃树，又摘桃花换酒钱。

酒醒只在花前坐，酒醉还来花下眠。半醒半醉日复日，花落花开年复年。

但愿老死花酒间，不愿鞠躬车马前。车尘马足贵者趣，酒盏花枝贫者缘。

若将富贵比贫者，一在平地一在天。若将花酒比车马，他得驱驰我得闲。

别人笑我太疯癫，我笑他人看不穿。不见五陵豪杰墓，无花无酒锄做田。

这首诗写得简单直接，丝毫不见矫揉造作的修饰。尤其是在那个写诗作文爱套模板的时代，显得如此独特。每次读这首诗，我都能想到李白的风骨和气韵。事实上，这个时候的唐伯虎也是真心喜爱李白。他还有一首诗叫作《把酒对月歌》，向偶像李白致敬：

李白前时原有月，惟有李白诗能说。李白如今已仙去，月在青天几圆缺？

今人犹歌李白诗，明月还如李白时。我学李白对明月，月与李白安能知？

李白能诗复能酒，我今百杯复千首。我愧虽无李白才，料应月不嫌我丑。

我也不登天子船，我也不上长安眠。姑苏城外一茅屋，万树桃花月满天。

我有时候会想，也许正是因为经历了种种苦难、磨炼、挫折和揉洗，那个背负着振兴家族的唐寅，那个误打误撞跌入政治旋涡的懵懂少年，才终于脱去了红尘的枷锁，走向了新的艺术生命。

所以，有人总爱问，为什么诗人总是会拥有不幸的人生？司马迁在《报任安书》中曾写道：

盖文王拘而演《周易》；仲尼厄而作《春秋》；屈原放逐，乃赋《离骚》；左丘失明，厥有《国语》；孙子膑脚，《兵法》修列；不韦迁蜀，世传《吕览》；韩非囚秦，《说难》《孤愤》；《诗》三百篇，大底圣贤发愤之所为作也。此人皆意有所郁结，不得通其道，故述往事、思来者。

他们是生逢不幸，心有郁结，才将快要溢出来的情感借着诗文发泄而出。那一晚，酒是作陪的亲友，清风是远道而来的贵客，而他的迷茫、苦涩、缱绻、温柔，日以继夜背负着不可明说的煎熬。此时恰好明月洒满枝头，桃花半落，一切刚刚好，诗酒风月与他在此相逢。于是，文字成了今夜的浅吟低唱。

晚年，唐伯虎与诗书画酒为伴，以此终老。1523 年病逝，他临终留下绝笔："生在阳间有散场，死归地府也何妨。阳间地府俱相似，只当漂流在异乡。"

如果回看唐伯虎的一生，他爱过、痛过、挣扎过、期待过，你看人生如梦幻泡影，爱欲喜乐、贪嗔痴恨，不过是过眼云烟。不快乐换来的富贵一如浮云，转眼消散。格格不入，我自风流，别人都说我疯了，不过当局者迷，夜半回首，你我扪心自问，豪杰又能怎样？这就是唐伯虎的答案。或许，自从二十五岁那一年开始，他的余生奔波不停，不过是在寻找归途。世间千般波澜，嬉笑怒骂，有了爱，才有了家；若没有，人间地狱便皆是他乡。

人活一生，难的不是与天灾人祸、生老病死对抗，而是想明白自己要什么。王小波说："我对自己的要求很低。我活在世上，无非想要明白些道理，遇见些有趣的事。倘能如我愿，我的一生就算成功。"愿我们不必经历苦难，就能够明白心之所向。

风一更，雪一更，聒碎乡心梦不成，

故园无此声。

让我成为我

纳兰性德

我经常在视频的评论区问大家想听我讲哪个诗人，纳兰性德总是获得点赞数最多的一个。李白、杜甫、苏轼的关注度高毋庸置疑，但为什么大家会这么好奇纳兰？后来我问了一下，有个评论说："因为他太像清宫剧的男主了。"这么一想还真是，还有什么诗人能像纳兰这样，拥有这么多亮眼的标签？论身份，他是权臣纳兰明珠的长子，康熙的一等侍卫。论成就，他是清词三大家，代表了清代词坛的巅峰。清末文人况周颐在《蕙风词话》中更是这么评价他："纳兰容若为国初第一词手……承平少年，乌衣公子，天分绝高。"众多标签加诸在身的纳兰，仿佛天生就是故事的主角。谁不羡慕这样的人生呢？可读了纳兰之后，我突然觉得，人不应该活在某时某刻的光环下，也不应该活在某地某人的阴影里，人应该活出自我。

生为纳兰性德

1655 年初，纳兰性德出生。也是这一年，明末四公子之一的侯方域病逝故里；五十八岁的张岱避于山阴，寄居快园；四十二岁的顾炎武身陷牢狱，他的好友归有光的曾孙归庄则向文坛领袖钱谦益求援；而此时的钱谦益与柳如是隐居红豆庄，另图再起；那个未来写下《长生殿》的洪昇年仅十岁，写出《桃花扇》的孔尚任则只有七岁；顾贞观十八岁，于无锡开云门社，会天下名士；浙西词派的开创者朱彝尊二十六岁，游于山阴，与之齐名的陈维崧三十岁，当一代公子侯方域去世之时，他就在侯府之内。当下明清异变，新老交替，山河再换容颜，纳兰性德就是在这样的背景下出生，未来他的一生也都会因此发生改变。

他本名成德，因避讳太子之名而改名性德。他自幼博览群书，文武双修，二十二岁便考中进士。随后，他被康熙留在身边，授三等侍卫，不久晋升一等侍卫。这个官位有多重要呢？他是皇帝身边的御前侍卫，贴身左右，绝对亲信，历来几乎都是皇亲贵胄子弟担任。又因为这个位置和皇帝亲近，它也是未来上升的重要通道。比如和珅最初就是从一个乾清门侍卫升到御前侍卫，再到后来官拜军机大臣、皇亲国戚。

能担任这个职位，除了纳兰性德自身才华之外，也要攀到关系。其父纳兰明珠所娶的是努尔哈赤第十二子阿济格之女，和顺治同辈，所以理论上，他和康熙是姑表兄弟。纳兰性德入官场之时，也正是其父纳兰明珠如日中天之际。此时康熙早已铲除鳌拜，明珠先是调任吏部尚书，随后又封武英殿大学士，进而加封太子太师，在朝内与索额图分庭抗礼，成为了绝对的两大权臣之一。明面上他是康熙的姑父、亲信，背地却结党营私，权倾朝野。所以，纳兰性德的命运注定被卷在其中，不得自由。

他年近二十岁时，娶了两广总督之女卢氏为妻。两人情投意合，但这段婚姻只维持了三年，便以卢氏病亡而终。他本就生性敏感多情，所以自然会把自己的情感寄托于文字。随后他写下了一首又一首传诵千古的词篇：

谁念西风独自凉。萧萧黄叶闭疏窗。沉思往事立残阳。

被酒莫惊春睡重，赌书消得泼茶香。当时只道是寻常。(《浣溪沙》)

飞絮飞花何处是，层冰积雪摧残。疏疏一树五更寒。爱他明月好，憔悴也相关。

最是繁丝摇落后，转教人忆春山。湔裙梦断续应难。西风多少恨，吹不散眉弯。(《临江仙·寒柳》)

辛苦最怜天上月，一昔如环，昔昔都成玦。若似月轮终皎洁，不辞冰雪为卿热。

无那尘缘容易绝，燕子依然，软踏帘钩说。唱罢秋坟愁未歇，春丛认取双栖蝶。(《蝶恋花》)

好一个"当时只道是寻常"，三言两语就点破了世间得失爱恨。试问爱情中最难得的是什么？就是珍惜平常心。我们总渴望着拥有不凡的梦想，爱着不凡的心上人，一同制造出不凡的奇妙浪漫。可是回头来看，生活的底色就是寻常。柴米油盐、生老病死占了大部分人生，而千金难换"珍惜"二字。有人与我立黄昏，有人问我粥可温，哪怕喜忧参半，但依然敝帚自珍。所以再看，爱之于我是什么？不是不死的欲望，也不是疲惫生活的英雄梦想，它就是一蔬一饭，就是肌肤之亲，就是细水长流，流一寸就有一寸的欢喜和富足。

另外，除了擅长写爱情词，他的细腻心思总见于各种文字。他曾被派到黑龙江边境考察，也曾多次随康熙出巡。比如 1682 年，平定云南后，他随康熙东巡，祭告奉天祖陵。途经山海关，他便写下了一首《长相思》：

> 山一程，水一程。身向榆关那畔行，夜深千帐灯。
>
> 风一更，雪一更。聒碎乡心梦不成，故园无此声。

他的这种文学性格的养成，一方面是天性使然，另一方面是环境所致。他自幼饱览群书，后又师从名门，拜内阁学士徐乾学为师，而徐乾学的舅父就是顾炎武。他十九岁时就与未来的浙西词派宗师朱彝尊有书信往来，随后又相会于京，一同探讨文学。在众多相交的文人之中，对纳兰影响最大的一位，便是顾贞观。他可以说是改变了纳兰命运的一个关键人物。是他帮助纳兰将作品整理结集成《侧帽集》和《饮水词》，从此纳兰名动京师，也是他见证了纳兰最后一醉三叹而亡的结局。而他俩之间的故事又和两首《金缕曲》密切相关。

成为纳兰容若

1676 年，三十九岁的顾贞观被引荐进入明珠府，成为府上的私塾老师，结识了当时才二十一岁的纳兰容若。顾贞观本是名门之后，才气横溢，只因明末家族落魄，流落江南。而那时少不更事的纳兰总喜欢找顾贞观聊天，他迫切地想知道那个从小只在书里看到的传奇般的江湖。

久而久之，顾贞观成为了纳兰探索新世界的窗口。纳兰天真热情，又潇洒豁达，从来不会摆架子，顾贞观陆续为他介绍认识了很多名动一时的江南文人。后来，他经常在自家后园的渌水亭招待这些落魄文人，一起把酒吟诗。好像在妻子卢氏去世之后，在成为一等侍卫之后，他已经好久没有感到这种快乐。又好像从作为纳兰家的长子出生以来，那个一直背负着家族希望的他，都不曾有过这种肆意纯粹的快乐。

从另一方面来看，顾贞观从一个落魄文人一瞬间变成了权相之子的亲信，他到底是不是别有用心？不是，但也是。当时文坛所有人都知道，顾贞观有一个至交好友吴兆骞，无辜遭累而被流放宁古塔，这些年来顾贞观想尽各种办法一直在为解救吴兆骞而奔走。而这些纳兰也是知道的，但他却从来不敢为了顾贞观向那个高高在上的父亲求情，更不敢触动天子的逆鳞。父亲从小对他的教育都是要成为家族的基石，哪怕为此而牺牲一些人。他一直以来的生存法则在告诉他，这么做不值得，所以他明确地拒绝了顾贞观。

于是，顾贞观在心灰意懒之际，写下了两首《金缕曲》，其中一首是这样的：

> 我亦飘零久！十年来，深恩负尽，死生师友。宿昔齐名非忝窃，只看杜陵穷瘦，曾不减，夜郎僝僽，薄命长辞知己别，问人生到此凄凉否？千万恨，为君剖。
>
> 兄生辛未吾丁丑，共此时，冰霜摧折，早衰蒲柳。诗赋从今须少作，留取心魂相守。但愿得，河清人寿！归日急翻行戍稿，把空名料理传身后。言不尽，观顿首。

他把这些写进信里，告诉纳兰。而纳兰深夜秉烛夜读，从最开始的难为情，到后来渐渐被字里行间的真情感动。那一刻，他从小一直向往的东西被触动了。他喜欢李煜，父母和其他长辈却训斥他纨绔、不思进取；他敏感痴情，但周围人却告诉他，这些都没用，权力和地位才更重要。他在那封信里，看到了他一直以来认可却不被周围人重视的东西。那一刻，他突然不再想做那个为了避讳太子而改名的纳兰性德，而是要成为让自己真心认可的纳兰容若。

他立刻答应了这件事，并给顾贞观回了一首《金缕曲》：

> 德也狂生耳。偶然间，缁尘京国，乌衣门第。有酒惟浇赵州土，谁会成生此意。不信道、遂成知己。青眼高歌俱未老，向樽前、拭尽英雄泪。君不见，月如水。
>
> 共君此夜须沉醉。且由他，蛾眉谣诼，古今同忌。身世悠悠何足问，冷笑置之而已。寻思起、从头翻悔。一日心期千劫在，后身缘、恐结他生里。然诺重，君须记。

这首词写得非常真诚。上阕纳兰说，我生来就在豪门，实在是命运的偶然安排。很想和天下名士把酒言欢，但却没有人了解我的心意，而今终于等到了你。下阕又讲，诽谤造谣这种事，古今都有。身在旋涡的我们不能幸免，不如一笑了之。"一日心期千劫在，后身缘、恐结他生里。"

后来他成功解救了吴兆骞。几年后，纳兰和吴兆骞两人先后离世，而顾贞观从此隐居山林，再不问世事。这其中或许有巧合，或许有我们不知道的机缘，但如今也都成了谜。

他出身将相之家，投身宦海危途，便注定身陷风雨旋涡。天子希望他成为股肱之臣，父亲希望他成为家族荣耀，敌人盼他惨淡，师友盼他壮大，相爱盼他共白头，他夹在其中，从没人关切他想成为什么。富贵是真富贵，自在是假自在，壮志成了浮名志，多情成了梦里情，到头来总是空空。

1685 年春夏之交，纳兰性德抱病与好友相聚醉酒，一咏三叹，七日之后，不治而亡。两年后，康熙罢黜明珠，二十年来不再重用，纳兰家的盛世烟火也随之消散人间。

很多人无法理解，像纳兰这样功成名就的贵公子，为什么后来不得善终？生在高墙内，飘在红尘中，身不由己，哭笑蹉跎，都不免零落成泥。人终其一生，不是为了成为史书上一则璀璨的注脚，而是按照你的意愿，去成为日照金山的落雪，成为月下茅檐的新燕。不用事与愿违来搪塞人生，愿我们都能勇敢坦荡地做自己，让死水沸腾。

独行独坐，独唱独酬还独卧。

伫立伤神，无奈轻寒著摸人。

她们

大幕幽暗处，我亦未熄烛火

说到古代才女，大家首先想到的总是李清照。难道整个古代，没有别的才女了吗？再细想，出现这样的情况也情有可原。一来在古代，女性受教育的机会相较男性更少；二来在君君臣臣父父子子的时代里，她们只是或荡气回肠或海枯石烂的点缀。流传到今天，不知有多少人的故事失传，姓名沦为某一页历史的简短注脚。

我想，生命不应只是代号。因此，我将这个篇章献给她们。

从先秦到南北朝

庄姜，春秋时期齐国的公主，卫庄公的夫人。朱熹在《诗集传》中认为庄姜是我国历史上第一位女诗人。那首著名的《卫风·硕人》便是在描写她："手如柔荑，肤如凝脂，领如蝤蛴，齿如瓠犀，螓首蛾眉。"

西汉有卓文君，很多人都知道，她和司马相如有《凤求凰》的佳话。"愿得一心人，白头不相离"的《白头吟》相传便是出自她手。这个时期还有一个才女，名叫班婕妤，是汉成帝的妃子，极其擅长辞赋。也是她，和当时著名的赵飞燕争宠，最后失败，郁郁寡欢，晚年凄凉。

东汉有两位才女，一个是班昭，一个是蔡琰。班昭是班固、班超的妹妹，家学渊源，是她续写了《汉书》，并且留下不少辞赋作品。邓太后临朝时她一度参政，后世有"倾倒班昭续史才，十年别梦绕苏台"之称。蔡琰，她更为人熟知的名字是蔡文姬。她是文学家蔡邕之女，曹操对她更是另眼相看，曾救她于水火之中。著名的《胡笳十八拍》就是她写的。

魏晋南北朝时期，思想开放，才女众多。

西晋有左芬，她是才子左思的妹妹，相传她虽然面丑，但由于才华出众而被选入宫，成为了晋武帝的妃子。钱锺书将她的《离思赋》和司马相如的《长门赋》相提并论。苏蕙，回文诗集大成者，《璇玑图》就是她所创。她用不同颜色的丝线将八百四十一个字横纵排列刺绣成图，无论是纵、横、斜、正、反读都可成诗。

东晋谢道韫，"未若柳絮因风起"我们都学过，东晋谢家有多强大，我就不多说了。当时和谢道韫齐名的还有一个张彤云，时人评价她们一个有林下之风，一个是闺房之秀。

南北朝时有鲍令晖，她是文学家鲍照的妹妹，也是当时罕有的有诗作流传的女诗人。"人生谁不别，恨君早从戎。"她写了很多这样的拟古乐府诗。

另外，南齐还有苏小小。历史上无数文人为她写诗，白居易说她"苏家小女旧知名，杨柳风前别有情"。温庭筠写她："酒里春容抱离恨，水中莲子怀芳心。"李贺那首《苏小小墓》传诵最广："草如茵，松如盖。风为裳，水为佩。油壁车，夕相待。冷翠烛，劳光彩。西陵下，风吹雨。"她也有一段曲折动人的故事。

她出自商贾之家，家境富庶，自幼尽览诗书，寄寓西湖好景。可惜好景不长，在苏小小十五岁那年，她的父母早逝，她遂变卖家产，寄居在乳母贾姨娘西湖旁的小楼里，每日靠积蓄生活。

因为长相俏丽，诗情横溢，苏小小常常在家中与文人雅客们畅谈诗歌，逐渐作为诗伎声名鹊起。她活成了旁人不敢奢望的样子，睥睨天下，不落俗世。城里的贵公子谁不倾慕她，出行的马车后总有俊美的男子跟随，但她却从不曾一顾，仿佛她在冥冥之中知晓自有后来造化等着她。

　　三月见底，桃花又开，日暖风煦。一日，苏小小路遇骑着青骢马的阮郁。这阮郁是宰相之子，满腹学识，谦逊温和，英俊潇洒。两人一见倾心，坠入爱河。平日里，两人或是撑船游湖，看水波潋滟；或是携手踏青，望山花烂漫，共度肆意春光。

　　然而，人总以为来日方长，却忘了世事无常。三个月后，阮郁父母在都城听闻儿子和妓女相好，大怒，要求阮郁速速回朝。苏小小送别阮郁后，整日盼望着他能回来，可惜誓言从来都是自欺欺人的把戏。阮郁一去不归，只成为未来无数个梦里嗒嗒的马蹄孤影。苏小小自此相思成疾，情意难忘。

　　再过几年，苏小小去郊外散心，遇到一个形貌与阮郁极为相似的人，她下意识地唤了一声“公子”，回头的却是鲍仁。不过，他的确有阮郁的神采。在交谈中，苏小小认定穷书生鲍仁“必大魁天下”，便慷慨解囊，资助他上京赴试。

　　几年后，鲍仁成为了滑州刺史，他迫切地想把这个喜讯告诉苏小小。他一路既开心又忐忑，揣着的是大恩得报，藏起来的是细细柔情。而当他终于归来时，收获的却不是相拥，而是苏小小冰冷的身体和几句遗言：“生于西泠，死于西泠，埋骨于西泠，庶不负于我苏小小山水之癖。”于是，鲍仁在痛哭之中将苏小小葬于西湖之畔。

　　回头来看，苏小小这一路摇摇晃晃，自小失去怜爱，寄人篱下，流于风尘漂泊，却如皓月皎洁，只愿与心爱的人烹茶对酌、粗饭煮粥。然而深情却换来一桩桩悲剧，她既没能盼到阮郁的回头，也没能等到鲍仁的凯旋，一路跌跌撞撞，不忍回首，孤月自沉。虽不曾负人，却终为命运所负。以后，如果你们去西湖，记得去看看她。

唐代：请记住我的名字

唐朝时期，有非常出名的才女上官婉儿，十四岁就因为才华出众被武则天看中，随后列为人臣，位高权重，掌握生杀大权。同时，她于《全唐诗》中存诗三十二首，也是不可多得的女诗人，曾写出"露浓香被冷，月落锦屏虚"之句。

唐代还有四大女诗人。薛涛，她写下了"花开不同赏，花落不同悲""不结同心人，空结同心草"等名句。她出身乐籍却才华出众，和大诗人元稹、白居易、杜牧、刘禹锡都有来往。李冶，人称"女中诗豪"，"至高至明日月，至亲至疏夫妻"便是出自她手。刘采春，唐朝的邓丽君，她的曲传遍江南。最后一个，便是鱼玄机，她和温庭筠的故事，颇为传奇。

当时，长安青楼坊间有个长相奇丑的文人，他寻欢作乐，专找人讲故事，又把故事写进词里借着酒意吟唱："小山重叠金明灭，鬓云欲度香腮雪。懒起画蛾眉，弄妆梳洗迟。"这个人就是温庭筠。他本出身贵族，后家道中落，尽管才华出众，却屡试不中，终日青楼买醉。

在他四十二岁那年的某个傍晚，他听说有个会写诗的洗衣女，便欣然拜访。这个洗衣女名叫鱼幼薇。谁也不会想到，十几年后她以鱼玄机之名冠绝长安。这鱼幼薇本出身于落魄秀才之家，五岁诵读，七岁成诗。父亲过世后，母女沦落青楼，以洗衣维持生计。

温庭筠当场要考一考她，抬头一看江边柳，便以此为题，鱼幼薇赋诗道：

翠色连荒岸，烟姿入远楼。

影铺秋水面，花落钓人头。

根老藏鱼窟，枝低系客舟。

萧萧风雨夜，惊梦复添愁。（《赋得江边柳》）

温庭筠大喜，自此他便时常教鱼幼薇写诗，并照顾打点她的生活，二人成为亦师亦友的忘年交。

不久，温庭筠离开长安，独留鱼幼薇在此。分别后，鱼幼薇会把自己写的诗寄给温庭筠，而温庭筠也会回信附和。

鱼幼薇作《早秋》："雁飞鱼在水，书信若为传？"温庭筠便作《早秋山居》："素琴机虑静，空伴夜泉清。"

写着写着，鱼幼薇却发现，原来自己早已喜欢上了他。多情的温庭筠岂会不知，他只是自觉两人年龄相差甚大，亦有师徒之名，不愿面对。后来他把状元李亿介绍给了鱼幼薇，满心盼她幸福喜乐，没想到却将她推向深渊。

婚后幸福不过百日，只因鱼幼薇为妾，便被正室所不容，天天施暴，最终被赶出家门。而那李亿却只是委曲求全，将她接到一所道观躲避，承诺不久便接她回家。

自此，鱼幼薇成为道士，改名鱼玄机。日日青灯相伴，孤影相随，等日出黄昏，等骤雨天晴，却等不来当初的诺言兑现。原来，那李亿早带着妻子离开长安。万念俱灰之际，她写下了那首名扬千古的《赠邻女》：

> 羞日遮罗袖，愁春懒起妆。
>
> 易求无价宝，难得有心郎。
>
> 枕上潜垂泪，花间暗断肠。
>
> 自能窥宋玉，何必恨王昌？

从此她性情大变，张挂"鱼玄机诗文候教"的告示，邀天下才学之人，以风雅之名，行风流之事。不过几年，传言说，因侍女绿翘与她的情郎私通，她妒杀绿翘而被捕入狱处死，当时仅二十七岁。

回顾她的一生，如烟花般绚烂，如烟花般寂寞，又如烟花般短暂。她洒脱，自信，无畏，敢爱敢恨。因着一切机缘巧合，她投入这浪荡红尘，快活半生，却不得自由。可她仍要挣扎。在烟花烂漫处，在月黑风高时，漫山遍野响起轰鸣，她依然神情自若，盯着大唐的繁华，缓缓道："请记住我，我是鱼幼薇。"

宋代：总有痴情不可知

到了宋代，也有四大才女，分别是李清照、朱淑真、吴淑姬和张玉娘。李清照自然不必多说。吴淑姬，出身清贫，被人冤屈入狱，靠着才华博得青睐，重获自由，有名句"谢了荼蘼春事休。无多花片子，缀枝头"。张玉娘，她的故事几乎就是梁祝的翻版。她和沈佺相爱却被拆散，沈佺病逝后，不久她也郁郁寡欢而亡，空留唏嘘。

最后令人非常感慨的就是朱淑真。她一度被认为是和李清照齐名的才女，然而她的一生却不断被否定。先是所托非人，一生幸福毁于一旦；后又寄情诗词，却被贬斥为淫词艳曲。明明是闺中女杰，晚年却自号"幽栖居士"。毕生心血被父母一把火烧尽，只残留数十首，被后来人搜集，终成《断肠集》。

她有才情，《蝶恋花·送春》："把酒送春春不语，黄昏却下潇潇雨。"她有气节，在《黄花》中她说："宁可抱香枝上老，不随黄叶舞秋风。"同时，她也有愁怨。《减字木兰花》中她这样写道：

> 独行独坐，独唱独酬还独卧。伫立伤神，无奈轻寒著摸人。
>
> 此情谁见，泪洗残妆无一半。愁病相仍，剔尽寒灯梦不成。

而那句被认为是欧阳修所作的"月上柳梢头，人约黄昏后"同样出现在朱淑真的《断肠集》中，之所以有人把它归为欧阳修，主要就是认为在那个时代，如果这样的词句是朱淑真所写，那便有辱妇德。

关于朱淑真的一生，留下的资料寥寥无几，真假参半。只有同时代人魏仲恭默默搜集她的遗稿，编著了《断肠集》，并在序中记录下了她的故事：

> 早岁不幸，父母失审，不能择伉俪，乃嫁为市井民家妻，一生抑郁不得志，故诗中多有忧愁怨恨之语。每临风

对月，触目伤怀，皆寓于诗，以写其中不平之气。竟无知
音，悒悒抱恨而终。自古佳人多命薄，岂止颜色如花命如
叶耶！观其诗，想其人，风韵如此，乃下配一庸夫，固负
此生矣。其死也，不能葬骨于地下，如青冢之可吊，并其
诗为父母一火焚之。今所传者，百不一存。

寥寥百字勾勒了一个人的一生。

天下大雪，每片雪花都有不同的重量和际遇。有的落在深宫，
有的落在茅草，有的落在文人墨客的诗里，有的落在贩夫走卒的车
水马龙中，汇聚成一行行深深浅浅的污泥脚印。成为梨花泪，成为
松上白，成为烟火红尘的背影，也成为漫山荒野的嫁衣。

明清：风华绝代

到了明代，才女沈宜修出身书香门第松陵沈家，父亲是山东副
使，伯父是当时著名的文学家沈璟，几个弟弟是杰出的戏曲家。沈
宜修四五岁过目能诵，之后遍读史书。后来她嫁给了文学家叶绍袁，
夫妻赌书泼茶，一时成为典范。最令人称道的是，他们的孩子也个
个才华卓绝，长女叶纨纨十三岁就能写诗填词，后来写了《分湖竹
枝词》传为佳话；次女叶小纨，写作《鸳鸯梦》，是我国戏曲史上第
一位有作品流传的女作家；三女叶小鸾，精通琴棋诗画，只可惜英
年早逝。

清代，汪端，著名的女诗人，她和丈夫陈裴之堪称清代的李清
照和赵明诚，都出身书香门第，并且与李赵相似，也是丈夫陈裴之

先去一步，之后留下汪端苦熬余生。顾太清，清代第一女词人，著有小说《红楼梦影》，还有人说"八旗论词，男中成容若，女中太清春"。另外，还有我非常敬佩的晚清女侠、烈士秋瑾，这个名字我们也很熟悉了。我最喜欢她的一句诗是："万里乘云去复来，只身东海挟春雷。忍看图画移颜色？肯使江山付劫灰！"凌云豪气盖人。

除此之外，明末清初，还有秦淮八艳。如果细品秦淮八艳的故事，会发现她们虽然看起来风华绝代，但实际每个人都是底色悲凉，于是，秦淮八艳的结局便成了"情坏罢宴"。

柳如是，她出生不久便被贩卖，流落青楼。她先是被周大学士纳为侍妾，教她读书识字，周死后，她被赶出家门，重入青楼；再遇才子陈子龙，诗书唱和，相知相交，而后陈子龙又战死。直到二十三岁，她嫁给了五十九岁的东林领袖钱谦益。她这一嫁，余生命运便因此改变。清军南下，他们相约殉国，她义无反顾，可钱谦益却临阵退缩。钱谦益被捕入狱，也是她四处奔走救援。直到钱谦益去世后，她遭到钱家族人逼迫，自尽明志。她被视作青楼下贱，却比不少人都有浩然正气。

陈圆圆，自幼丧母，被父亲送到姨夫家，又被卖身梨园，成为戏子，以色事人。后来遇到明末四公子之一的冒辟疆，二人情投意合，山盟海誓，可又因为战乱，造成一个失约，另一个被掳入京。当她入京后，被献给了吴三桂，而后又被李自成部下刘宗敏抢去，于是有了吴三桂冲冠一怒为红颜，而她也背上红颜祸水的骂名。再想来，一生不过浮萍，从来半点不由己。晚年色衰爱弛，有人说她出家，有人说她投湖，有人说她病逝。她被迫成为历史转关的工具，也就这样成了迷踪。

马湘兰，秉性聪慧，尤其擅长画兰。她为人仗义疏财，经常接济落魄贫困者，于是认识了当时的才子王稚登。他师从文徵明，写得一手好字。于是她为他画兰，他为她题字，可也因此误终身。此后三十年，王稚登因为她的身份问题，总是若即若离，而每当对方失意，马湘兰便连夜撑船跨城去看他。直到人生的最后，她依然甘心奔赴对方七十大寿的寿宴，以残老之躯高歌一曲。直到死，即便一生被辜负，她都在等待她的意中人骑马而归。

卞玉京，她本来出身官僚之家，可家道中落，被迫和妹妹卖艺为生。她诗书音画无所不精，传出美名。和马湘兰类似，她也有一生的意难平吴梅村，而吴梅村也同样因为身份问题和她止于暧昧。明清易代之际，风雨飘摇，女人们或是被杀或是被抢，她只能化身道姑避世。她晚年隐居无锡惠山，于萧索之中去世。

寇白门，世代娼门出身，她连选择的机会都没有。可她天性单纯活泼，毫无油滑之气，也因此嫁给了当时的保国公朱国弼。然而到底也是错嫁。清军南下，朱国弼为了保命，贱卖姬婢，寇白门只能拼命求情，并且许诺来日用万金报答。随后，她重入青楼，一面挣钱，一面接济落魄书生，便有了女侠之名。后来，她逐渐年老色衰，但她依然相信爱，一次次为那些年轻男子义无反顾，但每次等来的结局几乎都是背叛。直到最后，她也是因爱人背叛，病急而亡。她不曾负人，却一生被负。

顾横波，头顶"一品夫人"之名，她看起来是八艳之中最显贵的一个。然而她却嫁给了一个不忠不义的文人龚鼎孳。他原是和钱谦益、吴梅村齐名的"江左三大家"。明亡后，别人觉得他没有气节，他却说"我原欲死，奈何小妾不肯"，就这么轻飘飘一句话，把责任都甩在了顾横波头上，从此顾横波和他一起背上了不义之名。

李香君，《桃花扇》的主人公，义耀千古。强权之下，她不曾摧眉折腰背信弃义。她本出身官宦之家，家道败落，跟随养母流落青楼。后来她与明末四公子之一的侯方域相爱，被牵连得罪阉党余孽阮大铖，不卑不亢，血染桃花扇。然而当她跨过战火，进了侯府，却又因为身份的原因，受尽冷落和排挤。从此她郁郁寡欢，患上肺痨，年仅三十岁便病逝。她在八艳之中气节盖人，却在芳华之年离去。

董小宛，她本是大家闺秀，只因父亲病亡，家道中落，又被人算计，母女二人身无分文，流落秦淮卖艺。她本来是清白女子，没见过那些肮脏的手段，但为了母亲，生活逼着她不得不放下身段。后来她好不容易嫁给了才子冒辟疆，以为等着她的会是幸福一生。然而冒辟疆病重，她没日没夜地照顾他，最终把自己也累成重病。当冒辟疆病愈后不久，她便病逝，年仅二十八岁。她聪慧美丽，爱吃也爱做菜，如果不是因为当初的变故，她本应该有更加光明的未来。

现在来看，她们每一个都是风华绝代，每一个又都是生不逢时，被裹挟在历史的疾风中，成为弱柳，成为枯枝，成为时代抖落的一粒粒细沙。造化要她们历尽千般劫数，便是余恨难收、娇嗔难免、自新难求、性情难改，于是颠倒梦想，秦淮八艳变成了"情坏罢宴"，眼看着起高楼，宴宾客，众生欢愉，再回首大厦倾倒，遁入逝水苦海，只盼早悟兰因。直到此刻，她们依旧成为符号，成为意义，成为想象的个体、悲剧的复数。假若有来世，愿她们富足自由，假若有缘再相见，要问一问她们，今生可否遂了心愿，成了自己？

我相信肯定还有很多很多被遗漏、被遗忘的名字，她们是明珠，是宝玉，是行走在暗夜的掌灯人，相隔漫长遥远的时空。我闭上眼，仿佛仍能看见她们在自己的时代努力绽放，挣扎着向上，成为牡丹，成为月季，成为雏菊，成为无名小花。

我来人间一趟，务必要让春天也为我而来。

激发个人成长

　　多年以来，千千万万有经验的读者，都会定期查看熊猫君家的最新书目，挑选满足自己成长需求的新书。

　　读客图书以"激发个人成长"为使命，在以下三个方面为您精选优质图书：

1. 精神成长

熊猫君家精彩绝伦的小说文库和人文类图书，帮助你成为永远充满梦想、勇气和爱的人！

2. 知识结构成长

熊猫君家的历史类、社科类图书，帮助你了解从宇宙诞生、文明演变直至今日世界之形成的方方面面。

3. 工作技能成长

熊猫君家的经管类、家教类图书，指引你更好地工作、更有效率地生活，减少人生中的烦恼。

每一本读客图书都轻松好读，精彩绝伦，充满无穷阅读乐趣！

认准读客熊猫

读客所有图书，在书脊、腰封、封底和前后勒口都有"**读客熊猫**"标志。

两步帮你快速找到读客图书

1. 找读客熊猫

2. 找黑白格子

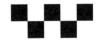

马上扫二维码，关注"**熊猫君**"

和千万读者一起成长吧！